你的故事

——安吉乡贤礼赞

我的赞歌

程维新 著

浙江工商大学出版社

杭州

# 图书在版编目（CIP）数据

你的故事我的赞歌：安吉乡贤礼赞 / 程维新著. —
杭州：浙江工商大学出版社，2022.9
ISBN 978-7-5178-4981-0

Ⅰ.①你… Ⅱ.①程… Ⅲ.①散文集－中国－当代
Ⅳ.①I267

中国版本图书馆 CIP 数据核字（2022）第 078785 号

你的故事我的赞歌——安吉乡贤礼赞
NI DE GUSHI WO DE ZANGE —— ANJI XIANGXIAN LIZAN
程维新　著

| | |
|---|---|
| 出 品 人 | 鲍观明 |
| 责 任 编 辑 | 何小玲 |
| 责 任 校 对 | 夏湘娣 |
| 封 面 设 计 | 李酉彬 |
| 责 任 印 制 | 包建辉 |
| 出 版 发 行 | 浙江工商大学出版社 |
| | （杭州市教工路 198 号　邮政编码 310012） |
| | （E-mail：zjgsupress@163.com） |
| | （网址：http://www.zjgsupress.com） |
| | 电话：0571-88904980，88831806（传真） |
| 排　　　版 | 杭州尚俊文化艺术策划有限公司 |
| 印　　　刷 | 浙江全能工艺美术印刷有限公司 |
| 开　　　本 | 889 mm×1194 mm　1/32 |
| 印　　　张 | 6 |
| 字　　　数 | 114 千 |
| 版 印 次 | 2022 年 9 月第 1 版　2022 年 9 月第 1 次印刷 |
| 书　　　号 | ISBN 978-7-5178-4981-0 |
| 定　　　价 | 50.00 元 |

作者（中）采访植树模范杨继舜女儿、儿子

作者（左）采访老兵王吉根后合影

作者（左）采访
老兵诸守春

作者（中）在桐杭村干部张伟强（右）陪同下采访老兵管正来

作者（左）
采访老兵杨林华

作者（左）采访为村里事业献身的党支书马国洲的儿子马明雁

# 妙笔绘人物　彰显精气神（代序）

胡百顺

秋分时节，五谷丰登，瓜果飘香。我收到了程维新先生的书稿《你的故事我的赞歌——安吉乡贤礼赞》。

散文贵在写出新意。读程维新先生的散文，顿感别具一格，如沐春风，油然而生一种暖暖的温馨之感，让我在秋天的寒凉中感受到丝丝缕缕别样的温情。

在程维新的笔下，勤俭持家、吃苦耐劳的母亲，能言善辩的兄弟，走村串户为民服务的第一书记，耐心细致的安全员，勤政务实、平易近人的领导，踏实苦干的村干部，南征北战屡建功勋的老兵，勇挑重担、无私奉献的老党员，为革命甘于奉献的离休老干部，勇于创新的调解员，生命不息、绿化不止的当代愚公，热心参政议政的农林水高级工程师，敢于担当、勇于逆行的医务工作者，真心服务、热心科普的农技员，创新创业、勤劳致富的茶农，精益求精的电台主持人，脱贫致富的白茶种植领头羊……就像一个个时代风流人物，提着灯笼向我们走来，而每一只灯笼里都包裹着一个动人的故事。程维新就把这些故事铺展开向我们娓娓道来，由此构筑起他散文艺术中的人物世界。

通览全书，文虽短小，只写了人物的一个或几个侧面，但内涵之丰、思想之高、品德之优蕴含其间，满满的正能量向我们涌来，如同一阵阵雨露，滋润我们的心田。那种精神，那种品格，那种家风，无不让人怦然心动，细细品味，绵密而意味深长。在这里，党性、责任、担当，勤劳、无私、奉献，亲情、友情、爱情……绘就了一幅"中国最美县域"的美丽乡村图，真的是"芳草鲜美，落英缤纷"！让我不由得想起鲁迅笔下少年闰土构成的那幅月光图：深蓝的天空，金黄的圆月，碧绿的西瓜，闰土的"希奇"，鲁迅的希望。虽然鲁迅笔下那时的故乡不免有点虚幻和凄凉，但鲁迅何尝不希望在中国的大地上早一点涌现真真切切的美丽故乡？美丽乡村少不了绿树成荫、瓜果满园、公路宽阔……但美丽乡村的本质是生活其中的人的精神面貌，这是美丽乡村的灵魂所在。今天，作者用散文的笔调，摈弃了艺术世界的"小我"，而倾力描绘现实世界的"大我"，专注地构建了鲁迅早就期盼的乡村美景。如此，除了足够的勇气外，还要有过人的胆识和胆魄。这是非常难能可贵的。尤其是党的十八大以后，习近平总书记多次强调要弘扬新风正气。文艺就是要崇尚先进，讴歌英雄，传播正能量，描画真善美的曙色，用道德之光牵引人心。孔子早就认为，君子之德如风，小人之德像草，风吹草动，草随风行。用文艺作品教化民众向善去恶，这是文艺工作者的基本职责。对于作者程维新的这种艰辛探索，更应予以肯定和称赞。

散文能写得如此成功，全凭作者扎实的功底。首先是作者熟悉人物，并在熟悉的过程中积聚了丰沛的感情。作者能关注安吉当下生活，聚焦生活中的重点人群。然后是善于观察，抓住特点，细致刻画。可以看出，他的心里一定涌动着对他们的非常炽烈的深情。唯有如此，下笔才能充满激情。在表现手法上，作者几乎用上了写短篇小说的手段，善于描写环境和人物的肖像、对话、行动、心理等等。特别是能抓住细节，简洁勾勒，突出刻画人物的闪光点和精气神，让人物有一种立体感而丰富饱满，令人思之悠远，寻味无穷。有几篇几乎可以当作短篇小说来读。只不过有明显区别的是，小说是虚构的，而这里记叙的都是实实在在的真实人物。真诚是散文创作的根本命脉。读程维新先生的散文，最打动我的就是洋溢在字里行间的这种真诚。散文创作唯其纯真，才有感人的强度、艺术的高度和情感的深度。语言流畅、优美、朴实无华而又意蕴深厚，足见作者文字功力深厚。

程维新先生当过教师，做过校长，又担任了二十多年的行政领导工作，政策水平高，思路开阔，才思敏捷。秋的绚烂，来自春的青涩和夏的喧嚣。几十年不同岗位的磨砺，正好锻造了程维新先生的创作才情。他能把散文写得如此有特色也就顺理成章了。虽然它们不像牡丹那样雍容华贵,也不像桃花那样艳丽动人,但如我办公室窗外的桂花那样芳香四溢、沁人心脾。我认识程维新先生已久,但在散文创作方面与他交流甚少。现在拜读了这本散文集,深为他的创作才情所折服,心头不禁跃出一片欢喜来,于是就有了上面这些文字。是为序。

今年的桂花虽然姗姗来迟,但香气依旧,不减当年……

2021年10月

(作者系中共安吉县委宣传部原副部长、县文联原主席,中国作家协会会员,中国文艺评论家协会会员)

# 目　录 ➤

第一辑  亲人风华

# 起航的海港

万吨货轮离了港口，港口沿岸、货轮周遭，彩旗迎风飘扬。

"妈妈，看，大轮船——"港口附近、大海边缘、漫漫的沙滩之上，一个小男孩高叫着，向着大船奔去。一个跟斗，又一个跟斗，沙滩上留下了每一个跟斗那深深的痕迹。

"慢一点，慢一点……"年轻的妈妈追了上来，扶起跌倒的孩子，"疼吗？"

"不疼！"

母子俩手拉手继续向前走着，他们目送大轮船驶成小黑点。他们又看见了许多别的轮船。有的已经启动，开始远航；有的正在做远航的准备。

"船真多，是吗？"妈妈说。

"它们都到哪里去呢？"孩子答非所问。

"老远老远的地方，美国、英国、法国、埃及，印度洋、大西洋……"

"它们到了那儿，还会想着这儿吗？"

"当然想，有时想得还会流出眼泪来呢！"

"它们走了，还会回来吗？"

"你说呢？"妈妈反问道。这一声，使海港激起了回声，波涛翻腾得越加起劲……

孩子坚定且真诚地扑向妈妈："当然要回来的！"

孩子从妈妈的怀里探出小脑袋，观望着喧闹的海港。在他的眼中，海港顿时成了妈妈的怀抱，而这个怀抱中的船却成了他自己。

"妈妈，我是小船，您是我起航的海港！"


本文原以《海港小景》为题，于1990年12月26日首发于《湖州日报》"苕溪"副刊。

# 抚慰人生的大手

这双手，宽阔、厚实、灵活，有老茧，有疤痕，有残缺的指甲盖。那是父亲的手！有时有形，有时无形，忽明忽暗，时大时小，翻转自如。

呱呱坠地，四肢乱舞，整个身体就被一双大手托起。一手抓住衣领，一手轻轻地敲打着后臀，刚满周岁，就被推着蹒跚学步。要上学了，这双大手擦去粘在指间的泥点，取出一沓厚厚的学费钱："爸爸要干活，让姐姐陪你去。"从此，开学时、每周日，尽管时常听到"赚钱难"的唠叨声，但这双坚毅的大手总能准时地掏出几张钞票来，直至我高中毕业。这是一双支撑我们生活的大手。

这双大手，可以劈出四层竹篾，可以日插一亩水稻，动作是那么娴熟，曾经赢得几代人的夸奖。我和许多山里的小把戏们，都是这双大手的受益者。劈篾、捏油、撬簿、插秧……大凡有点技术含量的农活，都是在这双大手的指导下，慢慢掌握，逐渐熟练，熟后生巧。"插秧时，左手不能放在膝盖上！"几十年来，这句话始终萦绕在我的耳畔。

人生如棋盘，我为盘中棋，父是掌控手，正确有鼓励，错误有纠偏，步步为营，招招取胜。窃以为所持有的诸如一见钟"勤"、刻苦钻研、红专结合、遇事坚韧等良好的性格、习惯，其源其根，就是来自这双大手的指点。

时光如流水，快速穿梭去。这双一直来抚慰我人生的大手，如今已皮肤松弛，皱痕累累，甚而微微颤抖。虽然总是说："要多回家看看我。"然而，每次午饭过后，他就会坚定而有力地挥挥这双手："你回吧，单位和家里都很忙。你回吧、回吧。"

这双手，总是向外推，很少往里挪。透过这双手，以及这双手向外推的每一个动作，我真真切切地看到了他忘我的内心、包容的情怀，期待孩子们成长、出彩的愿望。

我真诚地感谢这双饱经风霜的大手。

本文2020年7月21日首发于《湖州日报》"苕溪"副刊。

# 补丁记忆

最近，一向热热闹闹的一个微信群里，一位年轻女性发了个自己真实的经历：她奶奶八十多岁，患阿尔茨海默病多年了，可是不久前的一天，奶奶却突然戴着老花镜，拿着针线，忙着缝补孙女新买的留有破洞的牛仔裤。妈妈上前制止，奶奶却说："哪有妈妈让孩子穿破裤子的！"她和妈妈感到又好气又好笑。

无心插柳柳成荫！这件事，勾起了我对母亲的思念，尤其是对我们那段孩提岁月，衣服、裤子上那些补丁的回忆。

在20世纪六七十年代，身穿有补丁的衣裤，那是经常的事，无论大人还是小孩，无论内衣还是外裤，无论春夏秋冬，甚至无论富有还是贫穷。但是，那个时候，大人们都很忌讳家人穿着带有破洞的衣裤出门。妈妈告诉我们："人家要说我们不勤快的。"还有"小洞不补，大洞难补"的说法。

孩提时代，裤子的裤管、膝盖和屁股部分，以及衣服的口袋、袖子，是最容易破的地方。几经磨损，先是变得毛毛糙糙，然后是一小块地方只剩下横丝没了直丝，再不久就连横丝也悄悄断去，只留下破洞。如果放任不管，破洞会越来越大。我曾经看到过，有人身上的裤子两个裤管的膝盖处，几乎只有一丁点连着，眼看马上就要断裂，两个膝盖都整个儿裸露在外。我跟妈妈说了我看到的情况，妈妈不许我嘲笑他，但也不许我们像他这样穿。记得小的时候，母亲几乎每天晚上都要检查一下晒干的衣裤，包括袜子，看一看有没有毛糙的地方，有没有小洞洞，有没有掉了纽扣，有没有断掉裤袢……发现问题，马上解决，绝不过夜。我看到，裤管起毛了，妈妈先是用同样颜色的线将开口处缝住，然后按照拷边的原理再缝一次，开口的地方被线包了起来："这样……牢靠！"一旦发现裤子的膝盖处破了，妈妈先剪一块薄一点的布垫在里面，这块布要比破洞稍大一点，剪得方方正正的，然后用同样颜色的缝纫线来回多次、细细密密地给它缝好，初初一看，很难看出已被缝补过。记事之初，我看见母亲是一针一针地缝补，不过，到我上小学时，家里已经买来了缝纫机，是"向农牌"的，很富有时代特征。母亲没机会拜师学艺，自己边学边做，以后就用缝纫机缝补衣服了。

我最欣赏母亲给裤子的屁股部位打补丁。小的时候，真不懂事，不管什么地方，想坐就坐，想跪就跪，想赖就赖，裤子尤其容易被磨破。不过，那个时候，即使是个乖孩子，学校里的长条凳也不帮忙，东一根小刺，西一个毛尖，也极容易把裤子挑出线头来。裤子的屁股部位总是会抢先破损。屁股部位破损了，不久就会生出一左一右两只"眼睛"来。此"眼睛"与走在后面的人的彼"眼睛"一对上，更加暴露、显眼，而且还有可能把短裤甚至小屁屁给露出来。母亲总是解决问题在先，发现家里谁的裤子那个部位有问题了，就先用新的小布条垫在里面，用缝纫机细细密密地缝好，再挑选颜色相同或者相近的布，根据裤子屁股部位的原大小，裁出一块横8字形的布料，整整齐齐地贴在屁股部位，再用缝纫机沿着边缘和中间位置，来回缝几趟。我用手摸过，有了那种补丁，裤子的这个部位真的牢固多啦，而且从后面看过来，像是绣上了一种饰物，很是美观。邻居也有好多人夸奖这样好看。所以有一回，母亲为我做了一条新裤子，卡其布的，当时算是最好的料，我竟要求母亲给我在新裤子屁股那里加个大补丁。母亲笑了："补丁是裤子破了才补上去的，新裤子补什么？"

"有了这个，屁股底下的裤子就不会破，还更好看！"

"多此一举。"母亲还是笑呵呵的。

现在的大小孩子们，穿在身上的衣裤，几乎都带有设计师们"多此一举"设计出的千奇百怪的地方，屁股上贴上一张笑脸，膝盖上加上一对鲜花，裤管上接上一截厚厚的布料制品，鞋子里安装了喇叭，背带裤上背着一个小熊猫（扁扁的，听说是用来护头的），其中当然也包括牛仔服上那些不规则的洞洞和毛边。这些装饰，有好看的成分，有实用的成分，也有了提高价位的理由。

有心栽花花不开！母亲当时没有采纳我那"多此一举"的建议，如果采纳了，那就不叫"多此一举"，而是"锦上添花"了，也许她就会成为服装设计师，我也许会对服装设计充满热情。

回想起来，母亲留在孩子们衣裤上的那些补丁，不仅是对孩子的关怀、爱护，而且是对我逻辑思维的培养和艺术追求的启蒙。

本文首发于2020年3月28日《湖州日报》"苕溪"副刊。

# 兄　弟

　　我与弟弟长得极像！这是熟悉我们的人经常谈及的话题。个儿差不离，几乎一年四季都理着平头，鼻梁上架着一副眼镜，住在同一个新村（小区）……于是，我俩常常遇到一些麻烦事。与我有过一两次相遇的人老远就会与弟弟打招呼；跟我肯定不相识的人有时也跟我谈及弟弟所经营的业务；我的一些初识的朋友，再次见面时，埋怨我上次见面不理他，严厉地指责我"有牌子"！……很多事就这样令我们难以一下子解释清楚。

　　小时候，我和弟弟长得并不像。他一直胖乎乎的，邻居大婶、大娘戏说他从来未"落膘"过，六七岁时就给了他一个雅号"山东佬"，一直叫到今天。我可不一样，自小就瘦瘦的、长长的，窄窄的脸，尖尖的下巴，夏天里，胸前的两排肋骨老远就清晰可辨。这样一种"不良"的体型，导致许多绰号纷至沓来——苋菜秆儿、豆芽菜、蒿子……更让人伤心的是，有人竟说我像那逃水荒过来的江北人，"江苏仔"的"美名"也被喊了好多年。我们兄弟两人的体型差异是天生的，大概与我们来到人间的岁月不同有关吧。我到这个世界上报到的时候，祖国刚受过特大自然灾害，在困难时期苦苦地挣扎着。而弟弟是在我四岁时才加入我们这个热闹的行列中的，大家庭的困难已基本解决。

日子是越过越好，营养也越来越丰富。刚步入三十岁的我很快胖了起来，近几年，体重更是增加了十多公斤，与弟弟在体型上的差距变得越来越小。

有一天清晨，我带着儿子沿着工农路（后来改为昌硕路）向镇东路（现在的凤凰路）长跑，在拐弯处，猛然发现有人在老远的地方跟我打招呼。我一个"急刹"，转个弯向那人走去，等离得很近时，那人难为情地挥挥手，说："啊，对不起，看错人了。我还以为是……"他把我当作弟弟了！

还有一天中午，我骑着自行车下班回家。在昌硕公园旁，一个穿西装的年轻人问我："怎么不骑摩托车？"我停下自行车说："我没有的。""没有的？不用客气了，这还要骗人！"我意识到他弄错了，立即告诉他："你认识的是我弟弟，他有摩托车。"他马上伸过右手，紧紧地跟我握手，表达歉意。

最近，弟弟所在的公司为了庆祝营销分部开业两周年，并向客户表达谢意，将公司一部分"功臣"的照片刊登在一份报纸上，并标注了工号，但是没有标上姓名。弟弟也在"功臣"之列。我一位同事的家属看了报纸，对我说："报纸上登的一张照片很像你的。"我说："那是我弟弟呀。"她说："你真会开玩笑！"我一再强调是真的，她还是不信。她认为，兄弟不会这么相像，这么相像的不是兄弟倒还更真实些。

我没有摩托车，也不跟谁谈业务，更没有照片登在报纸上，这是我与弟弟很不相像的地方。其实我与弟弟不像的地方还很多，他能歌善舞、能言善辩，对工作、生活经常能提出一些新的观点，他甚至常常给自己确定异乎寻常的奋斗目标。他在拓展业务方面成绩斐然，收入比我高出许多。不过，我作为哥哥，经过不懈的努力，体型从不及弟弟到接近弟弟了。我想，在其他方面，我只要能坚持顽强地拼搏，也一定会与弟弟缩小差距的！

我常常与弟弟说："我们要携手当好这一辈子兄弟。"

本文首发于1998年12月《安吉报》"云鸿塔"副刊，后收入《竹海浪花（1993—2003）》。

# 我家有位第一书记

在巍巍的浙北最高峰龙王山下，西苕溪、太湖、黄浦江源头，镶嵌着两个人工湖——天赋湖和龙王湖。每天，湖里的雾气就会在这两湖之间的一个小山村会合、牵手。两湖相接处，有浙江省第一个跨流域联合调度的水利枢纽工程——鸭坑坞渠道，它宛如一弯翡翠悬挂在这个村边。

我家里的那位，就在这个村担任第一书记。

我家的这位第一书记，生在农村，长在农村，对农村有着深厚的感情、浓浓的情结。2013年，从学校领导岗位上退下来后，她主动向县教育局要求参加驻村服务。那个时候，驻村服务的机关干部，被称为"驻村指导员"，由县农办统一管理。

"女的，就分配在县城附近吧。"县农办领导吩咐道。那几年，她就在县城附近转悠，有的村待一年，有的村驻两年，要么帮助解决了村班子战斗力问题，要么协助解决了村集体经济薄弱问题，反正多次被评为市、县优秀驻村干部。

2018年底，安吉县委决定在驻村指导员中选派一批第一书记，继续驻村，但工作重点变成了领导、主持村级党组织工作。消息一出，很多驻村指导员感觉到压力太大，责任太重，望而却步，纷纷要求回原单位上班。已经五十三岁、临近女干部退休年龄的"傻傻的她"，却再一次选择了"继续干"，而且希望被派驻到自己的出生地——一个比较边远的浙皖交界的山区镇！于是，县委组织部将她安排到了离县城五十多公里的这个小山村。

村里有一位八十八岁的程姓老人，老伴和仅有的一个儿子已经去世，儿媳改嫁，养女回了亲爹娘家，远嫁他乡的智障女儿则连自家也难以照顾，因此，他的生活十分艰辛。屋顶有了通天洞，晴天阳光直射，雨天棉被会被打湿；墙壁上千疮百孔，鸟儿清晨会穿过孔洞飞进屋子撒欢，风儿不论季节"呼呼"闯入；地面坑坑洼洼，常有积水，有时还会扭坏脚踝。每次台风来临、暴雨来临、洪水来临、严寒来临，村里干部都会敲开他的家门，劝他、送他到别处安顿，安全了才将他送回家。村里一直都很想帮助他，但是，作为经济薄弱村，财力有限，而且过多投入，理由又不充分。又因其家有后代，屡次申报"五保户"均被驳回。后来经过多方努力，才成功申报了低保户。

我家这位第一书记去了之后，走访左邻右舍，远道求证智障女儿家的状况，拟写了说明老人家现状的书面材料，拍了照，送到了与本村结对帮扶的企业——一家从事办公家具研发、设计、生产的公司，一一详细介绍了老人家的情况。"我们结对的村里还有这么困难的家庭！"公司管理层立即做出决策，帮助解决老人的一些具体问题。公司安排了三万元资金，由村里组织人员为老人家翻了屋顶、修了墙壁、换了窗户、浇筑了地面，村干部还开展了义务劳动，老人家的住房焕然一新！

今年（2020年）春节前后，新冠肺炎疫情威胁着各地。在外打工、求学、外出办事经过武汉的乡亲们络绎不绝地回来了。在家隔离十四天期间，村干部每天上门测体温、填表格，做好常规动作；"不要聚餐""不要外出拜年""尽量不要走家串户"，村干部苦口婆心、耐心说服；小商店、凉亭、棋牌室，村干部一天到晚轮流转；在与邻村的交界处设立卡口管控；在与邻村交界和与高速公路建筑工人住所相邻的田畈、小路、山坳开展巡逻布控：村干部工作量大，涉及面广。作为第一书记，她自然冲在最前，她打电话告诉家人："虽然我有车，但还是不能做到每天回家。"过了多日，她一直没有回家。

一天晚上，远道回家过年的儿媳说"想妈了"，儿子开了近一个小时的车，找到了位于两个镇之间、临近龙王湖一侧的那个卡口。见到老妈裹着厚厚的冬装，和几个年轻人一起，在一个临时搭建的帆布棚子外面，正在做两个打算外出的村民的工作："这么迟了，还是不要出去的好，人多了，聚在一起不安全，更何况是去打老K。"经过一番劝导，两个村民回到车内，调转车头回村了。看到母亲嘴里直哈着气，头发上悬挂着许多细小的水珠，孩子们很是心疼："什么时候能回家？"

"不知道。但愿能早一点。"就这样，持续了近一个月，全县降低了风险防范等级，她才回家。好在儿媳也一直在网络上参与项目管理，还没有去单位，她回来时还有机会聚在一起享受天伦之乐。

穿村而过的申嘉湖高速公路延伸段正在紧锣密鼓地加紧建设中，村里也千方百计地利用这个机会发展自己。年初，高速公路建设指挥部在附近选择沥青搅拌场场地，我家的这位第一书记及时介入，了解情况，得知本村已经成为一个备选点，但附近乡镇有一个村也在争取，竞争几乎白热化，她马上召集村两委班子商议，统一思想，强调一定要把"沥青搅拌场这块肥肉吃到嘴里"。她和村班子成员一起，马不停蹄地向镇党委、政府领导汇报，到县政府办、县交通运输管理局等部门争取，走访党员、村民骨干，得到了多方支持。两周后，终于成功签订协议，让沥青搅拌场稳稳地落在了这个村。五十四亩丘陵地，使用期两年余，村集体可收取租金四十五万元。"村经济就是在点滴积聚中充实起来的！"对此，她充满成就感。

最近，部分村干部在县委党校培训，前几任村党总支书记来看望他们，于是我有了一个与他们一起坐下来喝茶聊天的机会。在这期间，虽在企业上班，但一直关注、关心村里工作的老杨书记，多次乐呵呵地说："第一书记一心扑在我们村里，辛苦啦！村里'消薄'任务完成了，'一肩挑'人选确定了，新总支委已经选好，'赏梅楼'招租工作进展顺利，还引进了'竹抱泉'饮用水水厂，今后五年发展规划开始谋划……我们村大有希望，不久的将来，在两湖之间，会出现一个富裕美丽的新山村。我们要感谢她。"

2020年12月

# 永不退休的企业安全员

我的大表哥马上要做七十大寿了，但是他还是忙个不停。年初，他要"审阅"企业跟车间主任签订的《安全生产协议书》和车间主任跟职工签订的《安全生产协议书备案本》；年中，他要"审阅"各车间《半年度安全生产自查报告》；年底，他要"审阅"各车间的安全生产先进集体和先进个人推荐表以及相关总结；平时，他还要"审阅"企业根据季节变化制订的购买劳保用品预算清单、职工购买各类保险的保险协议等等。当有人问他退休了为什么还这么忙，他的回答是："因为我是个永不退休的安全员。"

大表哥家称得上是一个木匠世家，祖孙三代都做过木匠。他的父亲——我的表姑父，在我们村里是大名鼎鼎的"王木匠"。他的舅舅，长期以来，一直坚持做木匠活。他的两个弟弟，虽说是办企业的，但经营的方向还是木制品，什么五轮转椅的木扶手、老板椅的大底座、红木家具、木质饰品等。他的儿子也跟着他锯过板、做过家具等，而且他儿子就是在他弟弟办的木制品企业做工时，认识了邻村的姑娘，后来娶了她做妻子。

大表哥十七岁就开始做木匠，三十几岁时承包过镇里、村里的锯板厂和木器厂。在村里，他是第一个办企业的人，办过纸制品厂、轻型墙体制品厂和砖头厂，被当时的媒体称为"具有猎人般眼睛的人"。他是村里第一个为职工购买保险的人。在他担任砖头厂厂长期间，有人来推销意外伤害险。他文化程度低，看不懂资料，就要求业务员详细地讲解。业务员讲得头头是道，他也听得很仔细，有些问题也就现场解决了。厂里好多人认为，我们企业办得好好的，为什么要花冤枉钱去买保险呢？有的人认为保险就是骗人的。但大表哥坚持要买保险。他讲了一个他已经过世的父亲告诉他的一件事。

我爹有一个师兄弟，手艺很高，带了好几个徒弟。在村里，有人家建新房时，木工活大多给他做，家里的条件也很不错。从前造房子，都是立柱、上梁的，木匠师傅是要在高空干活的。有一次，他们为一户人家干活，已经开始钉椽子。眼看着房子就要建好，徒弟们开始放松起来，说说笑笑，有两个人还动起了手。不料，一个徒弟不小心踩在一根尚未钉牢的椽子上，连人带椽子从屋顶掉到了地上。地上满是树枝、木条，这些树枝、木条还没有修整过，一根树枝便插进了这个徒弟的脑袋里。大家停下活，立马把他送医院，但半路上，这个徒弟就断了气。事后，发生了闹丧，尸体先抬到师傅家，又抬到师兄弟家，两家赔了不少的钱才平息此事。师傅遇到这事后，心里沮丧，开始嗜好烟酒，很少接活，家境败落。

"这可是血的教训啊！安全很要紧！这是这件事给我的启发，也是我爹经常提醒我的一句话。现在，有这样的保险可以解决这种事情，何乐而不为呢？"大表哥的决定马上得到了几位老职工的支持，砖头厂三十多位职工，都买了意外伤害险。"虽然买了保险，但我们依然不能忘记安全！"

大表哥六十多岁时，家人见他身体不能适应继续办企业，一再要求他退下来。没办法，他转让了所有担任法人代表的企业。但他歇不住，提出要到儿子办的金属加工企业帮忙。家人同意了。儿子让他担任"企业安全员"，说："爸，安全是最大的效益！您把我的安全工作做好了，就是给我赚了很多的钱。"这个岗位符合大表哥的心意，他很认真地干了起来。在他的要求下，厂区疏通了各条通道，悬挂了安全生产管理制度，更换了电线，尤其是在他的坚持下，企业决定，从今以后，季节性更换的劳保用品必须要求质量好、性价比高，不能降低安全用品上的投入。随后，一整套安全生产制度得到了完善。

儿子承诺说："爸，企业安全生产方面的决策权、决定权都在您这里。"

"好，那么以后《安全生产协议书》《安全生产自查报告》、安全生产先进集体和先进个人推荐、购买劳保用品预算清单、

职工购买保险协议都要经我审阅。"大表哥扬扬得意、乐呵呵地
提出了一系列要求。

"可以！"

就这样，大表哥担任企业安全员又是快八年了，他所获得
的权力，一项也没有旁落过，都紧紧地拽在手中。当然，八年
来，我表侄儿所办的企业，也没有发生过一起安全生产事故。

本文获2018年安吉县安全生产委员会举办的"安全生产"征文二
等奖。

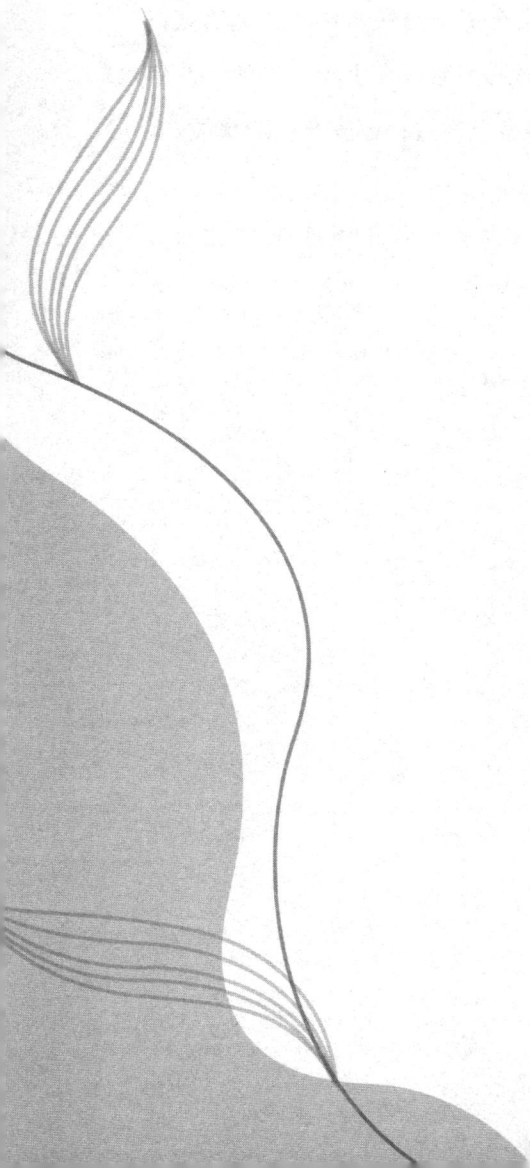

第二辑　公仆风范

# 举手之间

清晨，我迎着朝阳，腋下夹着一只小包，迈步从家里出发，急匆匆地赶去上班。

忽然，一辆小汽车"哧——"一声在我身边停下，紧接着，右前窗伸出一只手来，向我招呼："'领导'，上车……"我扭头一看，一位长者正笑呵呵地对我说："我们一起上班去！"一伸手、一招呼，我的心里就有说不出的高兴。

这样的情景已经不止发生一两次了，在我的脑海中，它已成为一种祥和、愉悦、快乐的象征。

这位长者，总是这样，每每遇见他，总会给我带来亲切、友好、自由、愉快的感受。

实际上，我是他的下属，但他每次出差之前，都要打个电话给我："'领导'，我明天要出发了，车辆（指他的专车）由你全权指挥啦！"每次出差回来，他又会像小学生销假似的告诉我："'领导'，我回来啦！"

其实，他才是真正的领导！1984年开始担任局长，一干就是十五个年头，从三年一届到五年一届，连干了四届。1998年3月，当选为县人大常委会副主任。

据朋友介绍，他在任局长期间，钻林间、跑山头、踏林地，忙得不亦乐乎，晚上还坚持整理白天掌握的第一手材料，人们都赞叹他是一位务实型、专家型的局长。他在工作上精益求精，在生活上却十分随和。一次，到了一个林场，午餐时，他就和场员们一道用竹笋、野菜、腊肉下酒，喝上几盅场员家里自己酿制的米烧，边吃边谈笑风生，一下子把局长与场员的距离缩短了许多，场员们都把他当作兄弟看待，所以，有了"老大"之称（这里绝没有一丁点像黑社会性质组织内部称呼的意思）。

作者（中）与主人公（左）在韶山毛家饭店就餐

在县人大常委会副主任的位置上，他又连续干了两届。

在我们这个县里，从正科级到副处级，担任了二十多年的领导干部，这才是一位真正的领导！

然而，就是这样一位领导同志，从来不以领导自居。

他平易近人，不但对我，对所有同志都是如此！人大常委会机关有位返聘女干部，她退休多年，但仍然在办公室负责收发文件和管理领导办公室卫生等工作。阿姨跟我说，这位领导每次出差前都会告诉她，虽然话语不多，可能就是"这几天不要给我准备开水了"，或者"这几天办公室整理卫生简单点好了"，或者"这几天你不要太辛苦了"这么几句，但是，简单的话语中总是流露出深厚的感情。每每阿姨赞扬他，他总是呵呵一笑："举手之劳！举手之劳！"

我的一位年轻同事，在一次下乡途中，发现这位长者身体有些不适，建议他到县人民医院检查一下，并与在人民医院上班的妻子联系安排了检查时间。经过检查，他被发现胃里存在一些问题，随后立即做了手术。手术很成功。他之后经常对他人说，他十分感谢这位"领导"，是这位"领导"的建议使他的胃病得到了及时治疗。

我说这是小事，不必经常提起。而他自然没有把我的话放在心上，还是不住地夸奖我这位同事。久而久之，我开始思考他这一举动。后来我悟出了一个道理，感谢、表扬、赞美，其实都是举手之劳，然而，在这"举手"之间，可以使长者更加

"见长"、智者更加"见智",而弱者却消除了自卑,小者感到了"成长",万利而无一害,和谐就从这里起步、升腾!

这位长者,总是在一个动作、一句问候、一声"领导"、一脸微笑之中做出"举手之劳"。这位长者就是这样,不敢说他几十年如一日,但是,我可以骄傲地肯定他是"十几年如一日",小事中体现伟大,细节中体现魅力。

我常常问自己,和谐从哪里来?和谐来自一举一动、一言一行——"举手之间"!

我深深地感受到,像他这样的同志正是和谐建设的中坚力量。

2014年5月

本文2014年8月首发于《竹乡文学》报。

# 青山作碑[1]

　　2002年4月6日中午，暴雨初歇。安吉县永和乡岭西村的凉亭岭山体突然滑坡，导致村里通往安徽省广德县的唯一一条山路中断，村民们从广德购买竹笋和树木的车子进不来。从村里开会回来刚进家门的湖州市第四届人大代表、岭西村党支部书记马国洲得知消息后，扛起锄头就往凉亭岭跑。傍晚时分，路终于修通了，但汗流浃背回到家里的马国洲，却一头倒在床上，再也没有起来，年仅五十六岁……

　　4月8日下午，岭西村两委在马国洲家里举行了简短的遗体告别仪式。一个人口只有八百多的小山村，竟然来了一千多人，县人大常委会副主任肖金莲及常委会有关机构负责人、永和乡及邻近乡镇人大有关领导都来到了追悼会现场。近百个花圈、花篮寄托着县人大常委会、湖州市人大常委会代表工作委员会，以及县、乡领导，本村及周边村村民，对党的基层好干部、人

---

[1] 与陈毛应合著。

民的好代表马国洲的无限哀思。一副挽联道出了众人的心声：

同村同事情同手足痛悼国洲猝然先去

爱党爱人心爱百姓长忆逝者无限后泽

## 领着村民求富裕

安吉县永和乡岭西村的百姓们说，我们的好代表马国洲是累死的。他一生平凡，没有惊天动地的壮举，有的只是一颗对百姓的赤胆忠心，有的只是一步一个脚印的苦干实干。

马国洲1946年出生，1996年起任村党支部书记，是永和乡第十二、十三、十四届人大代表，安吉县第八、九届人大代表，湖州市第四届人大代表。他在平凡中造就伟大，勤奋中创造辉煌，朴实里铸就赤诚，爱心里贮满真情。

1995年，当时是永和乡人大代表的马国洲，在乡人代会上审议政府工作报告时提出，永和乡应从本乡实际出发，因地制宜地制定发展经济的长远规划。他认为，像岭西这样的村，就要首先立足"山"字找群众致富的出路。与会代表都赞成他的意见。会后，乡林业站的技术员黄国强找到马国洲，介绍道，像永和乡这样山地资源比较丰富的地方，十分适宜推广笋竹两用林技术。马国洲得知后，非常欢喜，他回村与村两委商量之后，主动向乡党委、政府请缨，请求首先在岭西村试行笋竹两用林的毛竹培育新技术。

当时任岭西村联村干部的黄国强说，他忘不了当年马国洲为岭西村建设丰产高效笋竹两用林流汗出力的那一幕。岭西村有毛竹山三千亩，其中村集体有四百亩。长期以来，村民们靠经验管理，凭习惯种竹，效益年年不高。试行新技术以后，马国洲主动将村集体的四百亩毛竹山承包给乡林业站做示范，以带动全村农民增收。当时，一部分村民不理解，处处刁难林业站工作人员。马国洲就苦口婆心地做工作。白天村民不在家，他就晚上找上门去，一次不行两次，两次不行三次，功夫不负有心人，最后全村村民终于统一了思想，达成了共识。两年过去，村民们按照乡林技人员传授的新技术，开发笋竹两用林，效益显现出来了：全村每年每亩毛竹山净增收入三百三十元，仅此一项，全村人均就能增收八百九十四点九元。与此同时，村集体的毛竹山承包给乡林业站后，每年又有一笔可观的收益，这又壮大了村集体经济。岭西村的成功经验，随后就在全乡推广开来。

做足了山上"寻富"的文章后，马国洲又动起了发展个体经济的脑筋。岭西村是个边远山村，一条崎岖的山路坑坑洼洼，原料难进门，信息不灵通，村民们观念陈旧，不敢冒风险，发展个体经济谈何容易！但马国洲有的是办法。在他的推动下，村里出台了一系列优惠政策，规定凡是办在村里的个体企业，常年职工在六十人、四十人、二十五人以上，年度发放工资达四十万元、二十五万元、十万元以上的，分档次给予奖励。同时，马国洲还想方设法帮助村里的个体企业解决一系列难题。村民梁连生想办竹器厂，但无启动资金，马国洲立即跑到信用社用自己的存款担保，为他贷了两万元。村民孙德崇办的竹木工艺品厂资金周转困难，阮祥龙、董崇武办的木器厂没有资金进原料，都是马国洲担保贷了款，送到他们的手中。接着，他又发动群众以劳代资，修通了通村公路和通山林道路，完成了全村的电网改造。路好了，灯亮了，岭西发展经济的环境得到了改善。

1998年3月，马国洲光荣地当选湖州市第四届人大代表。就在这一年的湖州市四届人大一次会议期间，马国洲结识了同为市人大代表的安吉春晖竹木业有限公司总经理钱春富。老钱一手把小小的"春晖"做大做强，"春晖"成了当时浙江省有名的农业龙头企业。会议休息间隙，马国洲一瞅钱春富有空，就跑到他房间请教创办企业、管理企业的窍门。钱春富的办厂之道，经过马国洲的改编整理，立即在岭西村的企业主中间得到了传播和推广，梁连生、孙德崇、阮祥龙等都拿去"活学活用"，村里这些个体企业的效益马上提高了一个档次。

一次次真诚的帮助，一项项政策的兑现，一个个问题的解决，岭西村的深山沟里史无前例地有了机器的轰鸣声。到马国洲辞世前，全村已发展个体企业十一家，去年（2001年）创产值一千二百多万元，全村三分之一村民进厂上班。岭西人脸上绽放出灿烂的笑容。

### 不为小家为大家

"爸爸啊，儿子再也不怨您了呀！"马国洲去世后，他的大儿子马明华双手捧着父亲的遗像，以泪洗面，后悔不已。

1997年，岭西村准备投资十六万元，启动有线电视工程。在杭州打工十年，已经取得电子专业中级技术职称的马明华得知后，迅即辞掉了工作，回村向父亲提出要承包这项工程。他提出的优惠条件是：不要村里预付工程款，工程验收符合质量标准后再分期付款，保修时间比别人延长一年，总工程款比别人便宜五千元。他知道父亲的脾气，于是先悄悄地征得广电部门同意，又游说其他村干部。他心想，条件这么优惠，加上主管部门和村里其他干部同意，这个工程总是"三个指头捏田螺——稳笃定"了吧。然而，让他万万没有想到的是，父亲竟然竭力反对："只要我是村支书，你就不能搞这个工程。原因很简单，你是我的儿子。"最后该工程被临安的一商家接下了，父子俩由此分家，结下了几年难解的疙瘩。

2001年9月，马明华在不得已的情况下又找到父亲，请他帮自己担保贷款一万元，办一个高山养鸡场。马国洲又硬邦邦地抛出一句话："信用社贷款很难，你自己想办法吧！"

更让马明华懊恼的是，2000年3月，他看到村民们采伐村里的树木时将树丫子背回了家，于是他也背了六根大树丫子回家当柴火。没想到正在参加湖州市四届人大三次会议的马国洲得知消息后，打电话请村委会主任到儿子家里一根一寸地量、一五一十地算。最终罚了马明华六十九元，而对其他村民只是象征性地罚十到二十元。儿子找老子评理，马国洲还是那句话:"因为你是我儿子!"

马国洲为自己的小家考虑得少,为村里的大家却考虑得很多很多。在湖州市人代会上,他为农民的利益积极献言献策。本届安吉县人大每次召开会议,他都出席。在审议政府工作报告时,他常常抢着发言。在永和乡人代会上,作为乡人大代表,他更是一位"建议大户",从永和乡的经济发展、岭西村的脱贫致富着眼,他每年都要提交五六件建议。在2001年的永和乡人代会上,他领衔提交了要求修通永(和)宁(国)公路、为文岱村安装闭路电视给予倾斜政策、清理高村部分道路两旁植物、及时处理曹坞坑阻止岭西毛竹出运事件等建议,受到乡政府的高度重视,不久这些建议都得到了落实。

然而,马国洲的家里,至今没有一件像样的家具,房子还是1957年造的,厨房的墙壁上有道五厘米左右宽的裂缝,厨房

马国洲参观嘉兴南湖红船后留影

与正屋相连的墙壁还没砌到顶部，只是用竹席遮盖了一下。他的小儿子马明雁，一直住在阴暗潮湿的楼梯旁，像是住在战斗前线的"猫耳洞"里。而在岭西村，不知有多少村民造起了别墅，与马国洲寒酸的破平房形成了强烈的反差。许多亲朋好友不止一次问马国洲："凭你的能力，早就该富了，你如此苦自己，到底图什么？"马国洲却笑着来了一段顺口溜："群众住别墅，干部脸面足。入党要为公，支书要后富！"

## 群众安康心乃定

岭西村是安吉县西部最边远的山村，与安徽省广德县的四合乡红庙村、宁国市的桥头乡阳山村比邻，"鸡鸣两省三县"，治安环境比较复杂。前几年，安徽人经常来偷伐岭西村的树木，岭西人也经常去偷安徽人的竹笋，而且有愈演愈烈之势，本村内也存在着相互偷盗的现象，岭西村成了安吉有名的治安落后村。

"没有一个好的治安环境，群众就不能安居乐业。连治安都抓不好，还要村干部干什么！"马国洲上任后，与村两委班子一道详摸底、细商量、寻对策。在马国洲的倡导下，1996年5月11日，两省三县六村在岭西村召开了毗邻地区治安联防工作会议，会上达成了共识，制订了统一从严处罚、统一处罚标准、统一处罚到位的联防措施。这一招真灵，从此，各村再也没有相互偷盗的现象发生，两省的村民像走亲戚似的友好相处。

为了抓好本村的治安，马国洲还在安吉首创了村级联防治安队，将治安隐患消灭在萌芽状态。自马国洲任村支书以来，岭西村已经连续多年实现了无刑事案件，无治安事件，无群众闹事、上访，无纠纷引发非正常死亡和无人员犯罪的喜人局面。

1998年，马国洲到湖州参加市四届人大一次会议。有一天晚饭过后，马国洲拉着同房间的王庆友代表就走，要他一起去商量一个案子的办理。原来，岭西村有一个女青年在湖州打工，头发被卷进机器受了伤，向企业主索要经济赔偿时出现纠纷，起诉到了法院。来开会前，马国洲先掌握情况，得知这几天承办该案的律师到了湖州，就住在湖州的一家宾馆里。马国洲是要王庆友代表一起去找律师了解案子的办理进展情况。在他的努力下，该案及时审理完毕，女青年终于得到了合理的经济补偿。

安吉康山化纤厂硅肺病人的安危，也曾牵动马国洲的心。湖州市召开市人大四届三次会议前，他和同组代表一起赶到孝丰康山煤矿疗养院，对这些病人的生活及医疗情况进行了详细调查。会上，他又和代表们一起向大会提交了建议，要求市政府帮助解决这些病人急需的医药费。他的意见引起了在场市领导的高度重视，此事很快得到了解决。

"青山有幸埋忠骨，白云无瑕掩英魂。"马国洲虽然已经离开了我们，但他那无私奉献的精神和一切从人民利益出发的崇高品德，却如伟岸的方尖碑牢牢地矗立在人民的心中——

2002年6月19日，中共安吉县委做出了《关于开展向马国洲同志学习的决定》。

2002年6月29日，安吉县人大常委会召开了部分人大代表学习马国洲先进事迹座谈会。

如今，一个学习马国洲的崇高品德，认真履行代表职责的热潮，正在安吉县各级人大代表中涌动。

①本文刊于《浙江人大》2002年第8期。

②本文获浙江省第12届"宣传人民代表大会制度好新闻"三等奖。

③2002年7月20日《人民代表报》第1版以《他，永别于一场暴雨之后》为题刊发，同时刊发《安吉在人大代表中开展向马国洲学习活动》。

# 安吉白茶产业艰难起步的引路人

我是盛阿林，今年（2019年）七十四岁。今天，我与大家分享的是，在党和政府的关怀下，黄杜村白茶产业艰难起步的历程。

去年（2018年），我们村的茶企代表去云贵川农村考察，回来后，最大的感受就一句话："太穷！"其实，云贵川贫困农村的今天就是我们的昨天。

20世纪80年代，周边地区都在快速发展，而我们黄杜村，仍然交通不便、信息不灵，甚至三个自然村没通电。村民们要么外出打工，要么就在田间山里赚点可怜的工钱，一些村民靠上山砍柴维生，还有好大一批人，几乎对生活失去了信心，破罐子破摔，每天以搓麻将、打老K为生，人均年收入不到七百元，每个家庭都相当贫困。左邻右舍为了点滴利益，矛盾不断。村集体经济资不抵债，村干部难当，也没人想当，领导班子不到届就要换人，有几个书记仅仅在位一年多时间，多任村干部不仅没有领到工资，反倒还有很多人跟在后面讨要村里所欠的工钱。黄杜村是一个经济落后村、治安落后村、生活贫困村。过上好日子是村民们的迫切希望!

那时，我老伴在村里担任妇女主任，我承包了集体的上百亩老茶山，办了个茶厂，把茶叶销售到北京、江苏等地，每年有四万多元收入，算是村里经济条件最好的人家了。一家人的日子过得还算舒坦。

1989年7月的一天，我刚从北京回来，有人带来口信，要我在家等候，下午有乡领导过来。那几天，我只知道村干部要调整，乡领导来听听意见很正常，因此，也没多想。下午，乡党委书记等来到我家，说村班子要换届，看看我有什么想法。我说："应该让有能力的年轻人上来。"还提出了建议人选，但从来没有想到过自己。乡领导又问，黄杜村该怎么发展? 我也说了一些建议。乡领导认真听，仔细记，还不断地插话、询问。快到吃晚饭时，乡领导说，接下来希望我担任村党支部书记。我一下子蒙了，连说了几个"不行"。我想，一旦当了村干部，茶场承包、茶叶销售、小生意经营都要泡汤，家里的收入会直接受到影响。我说："我宁愿每年给村里一两万块钱，也不想当。"这天，我一直没有答应。第二天快到中午时，乡领导再次来到我家，继续做我工作，表示："你不答应，我们就专门来你家吃饭，做工作。"接连几天下来，都是如此。无奈之下，我只得同意了。老伴很了解村里的状况，又考虑到家庭情况，她坚决表示反对。在党员大会召开前半个小时，她再次找到乡领导，表示异议。在随后召开的党员大会和支部会上，我当选为书记。我是组织里的一名同志，既然组织信任、党员信任，我就没有理由不专心投入支部工作。于是，虽然合同期还有四年，我还是很快做通家人的工作，将茶山茶场转让了出去，停止了小生意。收入一下子降了下来，一家人又过上了省吃俭用的艰苦日子。

为了探寻脱贫之路，我和村两委班子成员一起开展调查研究，寻找突破口，并喊出了一句口号："我们决不让老百姓骂我们是'吃白食的人'！"我们找到的第一个突破口是"建水库"。为了建里黄杜等三个小水库，我一个从来没进过县机关部门的人，走进了县农业局、县水利局，甚至找到了县委书记，表达了我们想脱贫的意愿、求脱贫的思路、真脱贫的干劲。在我们的努力下，那年，县水利局拨款五万元支持我们。但当我们去取款时，信用社工作人员说，黄杜村在信用社欠款太多，这点钱用作利息也不够，不肯支付。我们好说歹说，多次协商，信用社才同意支付。建起水库后，粮食生产形势迅速好转，大部分自然村粮食实现了自给。随后，我们加强了与县机关部门的联系，在教育、供电、交通、电信等部门支持下，很快落实了危旧校舍和输电线电话线路改造、通自然村道路硬化等工作，村里面貌焕然一新。那个阶段，我被人称为"讨饭书记"。

我当村支部书记不久，溪龙乡传来了惊人消息："县林科所白茶扦插育苗成功！"这一消息，打破了茶籽育苗的传统惯例，而且据说短穗扦插育苗，能保持白茶的特性，效果很好。新技术需要及时推广，并服务农民脱贫致富。乡党委、政府看到黄杜村的贫困面貌，了解到村干部急切争取脱贫的愿望，以及可利用的山地资源后，决定将白茶扦插育苗技术首先在黄杜村推广。村党支部看到这是一项富民工程，落实好一定会有好的结果，马上组织发动。

然而，最初的动员并不顺利。白茶属于珍稀茶，种植成本高，技术要求高。一圈跑下来，并没有多少村民感兴趣、有信心，只有极少数原先就在经营茶叶的农户同意试一试。与安吉最早开展白茶扦插育苗实验的林技专家刘益民走得较近的村民盛振乾，1990年带头在自家地里试种了零点一亩。其他村民，要么缺资金，要么生怕再次遭遇失败，迟迟未动。我们积极开动脑筋，想到了"借鸡生蛋""筑巢引凤"等办法，落实白茶扦插育苗和试种工作。在我们的建议下，县计生协会在黄杜村林场建立了八亩计生协会白茶基地。基地严格按照规程种植的白茶长势良好，得到了领导的重视，不久就成了参观点。我们用同样的办法，争取县教育局落实了七十亩白茶基地；邻村种植大户方忠华投资十八万元种植了五十亩白茶。这期间，村干部带头种植白茶。我一开始就拉着老伴开挖、种植了两亩地，起早摸黑，认真管护。第三年，我家的白茶就可以采摘了，那一年，茶叶价格在每斤六百元上下，我家卖了一万多元，在当时算是不少的收入。到1997年，我家已盘整出四十多亩茶园。其他村干部也积极参与。1994年，盛振乾近几年种植的十亩白茶，开始赚大钱了，成了村民中的榜样。干部带头种植白茶，原先办茶场、跑销售的，大多动了起来，率先享受到了白茶产业的发展成果。村民们看到种白茶收入不错，也想种，但遇到的困难不少，最多的是缺资金。我就和老伴商量，只要土地开挖好了，白茶苗的钱让农户们去贷款，由我们家担保，几年间，我们帮助十多户村民种上了白茶。就这样，原来种植辣椒、板栗的农户，也都加入了种白茶的行列。到1998年，全村村民总筹资二百万元，种植白茶近七百亩，白茶产业成为主要的富民产业，黄杜村因此成了远近闻名的白茶专业村，"这片叶子"逐步将黄杜村带出了贫困的泥潭。

黄杜村白茶产业初具规模后，技术、供电、用房和交易场地等问题，阻碍着产业的发展。县农业局派出技术人员，到黄杜村实施红壤开发项目，实地指导白茶种植。驻村调研的县人大常委会领导将缺电情况告知供电部门，供电部门破天荒地出借十几台变压器给黄杜村，并开展线路整治，确保了白茶采摘期的用电需求。国土部门就解决白茶采摘人员住房问题出台专门政策，批准黄杜村建造农业用房一百多间。乡政府专门开辟场地作为青叶交易市场。上下一心，齐心合力，黄杜村白茶产业欣欣向荣，全村白茶种植面积扩大到一万二千亩，年产值达到一亿五千万元，村民人均年收入超过三万六千元，家家户户从事白茶相关产业，黄杜村成了名副其实的"中国白茶第一村"，谱写了一曲"一片叶子富了一方百姓"的致富之歌！黄杜村人的精神风貌也发生了翻天覆地的变化，一心一意搞发展，原先的落后村成了治安先进村。

"吃水不忘挖井人，致富不忘党的恩"，我们向云贵川贫困地区捐赠"扶贫苗"，伸出了援助之手。作为老干部、老党员、老同志，一位亲身经历白茶产业起步、发展历程的见证人，我感到特别欣慰。

我们的事业前途光明！

本文是为庆祝中华人民共和国成立七十周年，受溪龙乡党委委托，作者为安吉白茶艰难起步的引路人、原溪龙乡黄杜村党支部书记盛阿林撰写的演讲稿。盛阿林和溪龙乡党委委员在全县各地连续做了十余次演讲。

# 为了西苕溪水清鱼跃

最近下乡，在西苕溪岸边的梅溪镇板桥村，村民李小四兴致勃勃地告诉我："现在的西苕溪，真可谓是鱼多又大，花鲢好多都有上十斤重啦。"递铺街道横塘村的老高也多次跟我说："近几年，西苕溪的鱼大得好快，量也多多了。"

山绿鸟飞、水清鱼跃，这才是我们需要的良好环境！

回想20世纪八九十年代，虽然渔业行政主管部门不断地向西苕溪增殖放流，安吉县每年向西苕溪水域投放鱼种就在一百万尾左右，但是，由于无序捕捞，电、毒、网鱼行为屡禁不止，大鱼小鱼一网打尽，年初年终捕鱼不息，再加上一些企业污水直排，西苕溪渔业资源急剧减少，渔民们怨声载道，有的渔民不得不放弃几代人从事的职业，弃渔上岸。如今，看到西苕溪安吉段水清鱼跃，两岸人民都不约而同地认为："设立西苕溪禁渔期是一项明智决策！"

说起设立西苕溪禁渔期，安吉县第十六届人大常委会委员、第八届安吉县政协委员、高级工程师、多次获省市县科学

陆卫东正在读取水文测报站数据

技术进步奖的基层科技工作者陆卫东可谓是有功的首推人！

今年（2020年）五十一岁的陆卫东，是九三学社社员、高级知识分子，他虽然只做了一届县政协委员，却是政协委员中的活跃分子。他是县政协特邀信息员；他每年撰写的社情民意数量均名列前茅；他每年递交的提案都在两件以上；他每年都代表县政协委员所在界别做大会发言，直接受到县长的点评；他是政协委员中少有的"安吉县最具影响力人物"当选人；他连续五年被评为"优秀委员"。

陆卫东大学时学的是水利工程专业，从1990年起，在县水利农机局工作了近三十年，是安吉县水利专业技术人才。他履行政协委员职责，总是与专业相结合，底子明，研究深，意见建议中肯。《关于切实加强饮用水资源保护的建议》《关于做好农家乐与防汛安全管理的建议》《关于提升县城区域城市河道总体环境与防洪能力的几点建议》《关于建设环凤凰水库游步道的建议》等，都得到了县政府的高度重视，并积极落实。

陆卫东担任县政协委员期间，正是安吉县生态建设成果迭出的时期：全国首个"生态日"在安吉设立，安吉成为全国第一个生态县，生态立县、生态经济强县意识得到全面增强，美丽乡村建设开始起步，西苕溪整治逐步推开，安吉获得联合国人居奖……这一切正是"绿水青山就是金山银山"理念健康孕育的进程。安吉县水利工作，始终以护卫和开发利用母亲河西苕溪为重点，近年来，投入了大量的人力、物力、财力，使其抗洪、灌溉、运输能力得到了有效提升。陆卫东以专业技术人员的慧眼，看到了美化、提升西苕溪的重要性，也认识到了西苕溪包括亮化、彩化、娱乐休闲在内的非工程护卫措施比较滞后，在渔业增殖、丰富活鱼种类、保持渔业持续健康发展等方面问题尤为突出！

陆卫东看到了这一点，希望及时引起各级领导的重视。2012年，他在有关调研和座谈会上提出了设立西苕溪禁渔期的建议，并以民主党派人士的身份，向县、市统战部门提出了建议。2012年底，他以提案形式提交了《关于设立西苕溪禁渔期的建议》，希望更好地保护西苕溪渔业资源，保护河道生态环境，使水域资源的衰退得到有效缓解。他是全湖州市第一个提出在西苕溪设立禁渔期的人。

他的建议得到了县政协的重视，县政协邀请有关部门专业人士进行立案审查。但专家和行政主管部门人员审查后认为，苕溪属于省级河道，县级政府无权设立禁渔期。西苕溪流域涉及两县一区，仅仅在安吉县局部设立禁渔期，效果不太明显。当时，由于各级领导在这方面的意识还不够强、意见没有得到统一等，设立禁渔期的条件还不成熟，建议县政协不予立案。

设立禁渔期是保护江河湖海和丰富渔业资源的有效手段，渔业资源受到严重破坏的母亲河西苕溪必须落实禁渔期！陆卫东并未因提案未被立案而放弃这一具有科学性、可行性的建议。他认为，早在夏商时代，就有"夏三月，川泽不入网罟，以成鱼鳖之长"的规定，现在完全可以实现西苕溪渔业资源的可持续发展。他始终这样认为！

为了实现设立西苕溪禁渔期这一目标，他没有放弃，坚持不懈地努力着。2012年以后，他通过政务信息、政协委员建议、民主党派意见、科技工作者建言等多种途径，向各级领导宣传设立禁渔期的重要意义，向有关部门和西苕溪沿岸群众传递和灌输相关知识，而且会同县农业局渔政管理部门的同志，一起到湖州市农业局、长兴县和吴兴区渔政主管部门开展宣传、动员，强调"设立禁渔期制度是实现渔业可持续发展的战略之举，是保护资源环境的长远之措，具有重要的现实意义和深远的历史意义"。2013年1月举行的安吉县政协八届二次会议上，陆卫东代表九三学社安吉基层委，就设立西苕溪禁渔期做了大会专题发言，得到与会人员的高度赞誉。会后，县政协对此进行专题调研，就设立禁渔期一事多次与县政府协商，还积极以社情民意信息的形式向省、市党委政府反映。在陆卫东的动员和感召下，市、县农业局很快统一了思想认识，通过多渠道向省渔业与海洋局反映各级人大代表、政协委员、基层群众对保护西苕溪渔业资源的意见和要求，并组织专业技术人员开展专题调研，根据西苕溪水质、水文、水流状况和渔业资源历史发展变化状况，提出在西苕溪设立禁渔期的建议。

2014年，省委发出了"五水共治"的号令，水成了全省上下目光的聚焦点。陆卫东看到这一大好形势，明显感受到在西苕溪设立禁渔期的时机已趋成熟，于是他抓住这一机会，再次撰写信息、建议，上报省、市、县党委政府及有关部门，同时，再次开展调研，撰写政协委员提案。在准备提案的过程中，他惊喜地获悉，自己撰写的关于设立西苕溪禁渔期的建议得到了时任湖州市委书记马以的批示。后来，省政府党组副书记、省政府顾问、省"五水共治"工作领导小组办公室主任王建满对这篇建议又做出了重要批示。一下子，陆卫东成了"五水共治"中提出新建议的大红人。他自己也激动不已，对设立西苕溪禁渔期的积极性更高、信心更足，没多久，一篇洋洋洒洒二千多字的《关于加强西苕溪生态保护，设立禁渔期的建议》很快形成。建议通过自己亲眼所见渔业资源遭到破坏的事实描写、有关法律依据、设立禁渔期的重要意义以及有关工作建议，有理有据，说理清楚，为政府做出决策提供充分的支持依据。

2014年县政协八届三次会议开幕的第二天，陆卫东就将早已准备好的《关于加强西苕溪生态保护，设立禁渔期的建议》作为大会提案，递交给大会秘书处。这一提案很快引起了大会秘书处的重视，建议大会主席团将其列为重点提案，交县政府有关部门办理。

在县政府的统一领导下，县农业局等部门立即与上级有关部门沟通，县政府向浙江省海洋与渔业局递交了《关于要求设立禁渔制度的请示》。6月，经省海洋与渔业局论证后及时发出了《关于同意安吉县设立禁渔期制度的复函》，明确了禁渔范围、禁渔时间和禁止行为，并要求禁渔期间积极组织开展相关渔业法律法规宣传和渔业资源增殖工作，切实采取措施加大禁渔区的管理力度，加强渔政监督检查，保证禁渔期制度设立的实际效果。

每年的3月至5月，正是西苕溪主要鱼种产卵和成长的时节，鲢鱼、鲫鱼等几种主要经济鱼类生长较快、繁殖力较强，一般一年即可达到性成熟，翌年即可形成产卵种群。根据这一特点，决定从2015年起，每年3月1日至5月31日，在西苕溪安吉段干流小溪口至递铺街道六庄村长潭段实行禁渔区和禁渔期制度，安吉县成为湖州市首个推行禁渔区和禁渔期制度的县，这也是继2009年安吉县西苕溪实施禁止商业采沙行动后的第二"禁"，对安吉母亲河的保护意义深远。随后，湖州市其他县区也先后设立了禁渔区和禁渔期制度，到2017年底实现全市全面推行。

政协委员"助推西苕溪设立禁渔期"一事入选安吉县政协成立三十周年十大"最具影响力事件"！

实施禁渔期制度后，西苕溪安吉段每年渔业捕捞量可稳定在三百至五百吨，为两岸渔农增加经济收入三百万至五百万元。珍稀鱼类纷纷回归。太湖白鱼对水质要求特别高，没有好水一般活不长，更不会从太湖来到上游产卵。而2016年以来，西苕溪安吉段不断有白鱼出现的报告。西苕溪水质提升，渔业资源恢复有了好兆头，设立禁渔期功不可没。

禁渔期设立后，安吉县各部门有机配合，加大了宣传力度。县科协开展禁渔期相关知识的普及，沿岸乡镇村组建了教育、巡逻、信息报送等组织，县农业局每年制订禁渔期工作计划，农业行政执法大队工作人员到十个重点村进行现场宣传，宣传车流动播放公告和相关科普知识。五年来，县政府将渔政管理纳入平安安吉管理系统，举报电话统一归并到12345县长热线，举办培训班十期，县农（渔）业执法大队二十四小时待命，一有报警信息，随时出发，现场处置。五年来，已立案查处违法捕捞六十二起，其中移交刑事立案一起，拘役一人，罚款总计十四万二千二百五十元，没收清理非法使用的渔具二千余件。2019年，已张贴《安吉县人民政府关于实行禁渔期制度的通告》一千余份，印发宣传资料一千余份，开展禁渔巡查三十五次，开展打击电鱼等违法行为夜间巡逻十五次，处理110及12345热线举报三十八起，立案查处非法捕捞行为十起，收缴电捕工具五套，清理没收违法网具一百五十余件。县政府决定从2017年起在西苕溪安装监控摄像，对西苕溪鱼类捕捞实行全天候监管。随着禁渔期制度的实施，西苕溪违法捕捞现象逐年下降。

设立西苕溪禁渔区和禁渔期，成效已十分明显。作为这一制度的首推人，陆卫东看在眼里，喜在心头，他坚持不懈地关注着西苕溪的发展变化，并经常了解和掌握每一项工作进程，以政协委员、人大代表的身份开展监督。在西苕溪撒网捕鱼的人有没有办理捕捞许可证？电毒炸鱼、网目小于规定尺寸捕鱼和无证捕捞水产的情况严重不严重？这些问题仍然挂在他的心头。他表示，会坚持不懈地为安吉"绿水青山就是金山银山"样板以及西苕溪生态建设献计献策、建功立业。

本采访稿以《首推"西苕溪禁渔期"》为题，收入2020年安吉县政协编、中国文史出版社出版的《"两山"路·政协情》一书。2020年刊于《浙江科协》杂志。

# 傲梅独秀沁暗香

有一个人，他很平常，站在人群之中，你不会知道，他是安吉县仅有的几位农业系统高级工程师之一，你甚至会认为，他就是一个地地道道的老农民！

他很低调。他主持了赋石渠道续建工程的全部设计，他承担了凤凰水库前期工程技术及项目的总协调，晓墅闸门建设、鄣吴溪治理、清水入湖工程等他都是积极参与者。他连续担任了六届县政协委员，有十一个年度被评为安吉县优秀共产党员，2004年被评为浙江省劳动模范，但，当问及他有什么成就感时，他的回答是"我就是做事的"。

他，叫戴达华，今年（2019年）七十三岁了，仍旧每天待在一个简陋而拥挤的办公室里，承担着指导和培养水利专门人才、解决安吉县水利工程建设遇到的难题——这些简单而平凡的重任。

戴达华出生于安吉县报福镇汤口村。1966年，他以优异成绩毕业于湖州中学。高中毕业后，正遇上"文化大革命"，他成了一名农民。三年后的1969年，大队里的完小办起了初中班，他被推荐为初中代课教师，一代就代了整十年。经过那十年的磨炼，戴达华几乎失去了年轻人所拥有的种种棱角，就连1977年"恢复高考"这一被众多人认为惊天动地的信息，也没能让他兴奋起来，他一直没有去报名。直到报考截止日这一天上午，汤口大队党支部书记接到报福公社贫管会的一个电话："汤口大队的戴达华，符合报考大学的条件，但一直没有报，不知道是什么原因？""今天是报名的最后一天，中午就截止了。"这才引起了大队书记的重视，他马上叫了大队拖拉机等在路口，自己跑到戴达华家里，让他赶紧带着有关证件去递铺（县城）报名。戴达华见大队书记前来动员，又听说是公社里有人关心，也就没有多想，就急急忙忙地拿着毕业证书，搭上拖拉机赶到报福，再乘坐客车去了递铺。戴达华到递铺时已经是中午12时多，县招办的工作人员已经下班，他就在县招办办公室前的楼道里守候。下午1时半，准时上班的工作人员告诉他，高考报名上午已经截止。戴达华将事情的来龙去脉说了一遍，工作人员甚是同情，便去报告县招办主任。招办领导简单地碰了一下头，还是同意让戴达华填表报名了。填完表格，还有一些材料需要补充，县招办工作人员说会让公社贫管会提供。

就这样，可以说戴达华是糊里糊涂地报考了大学。那年，他已经三十一岁，已是一个女孩的父亲，为人夫、为人父，因此，考试时也就没有抱很大的希望，当然也没有多大的压力，反而轻松地考取了位于大都市南京的华东水利学院（今"河海大学"），进入农水系学习。

华东水利学院是一所有百年办学历史、以水利为特色的工科大学，在那里，可谓是已经饱经风霜的戴达华，严格践行"艰苦朴素、实事求是、严格要求、勇于探索"的校训，生活上低要求，学习上高标准，抓住可利用的一切机会，如饥似渴地学习了四年。

1982年7月，戴达华大学毕业，被分配到安吉县水利农机局设计室从事水利勘测设计工作。

当时，县水利农机局设计室（后来更名为设计所）人员少，任务重，又遇到突出重点抓经济的改革开放时代，基础设施建设重点工程、重大工程接踵而至，工作十分艰苦、劳累。戴达华虚心好学，勤奋实干，从一般的工作人员逐步成长为技术骨干，1983年开始，连续几年被评为县级优秀共产党员，1984年之后，他被提拔为副主任、主任（所长），1994年获得了高级工程师职称。他参与了众多水利水电工程的设计、施工指导和监理，尤其是在担任所长期间，很长一段时间里，他主持了安吉县重点水利工程赋石渠道续建工程的勘测、设计和施工工作。2002年后，安吉凤凰水库建设期间，戴达华任县水利局总工程师兼凤凰水库工程办副主任，既要全面负责全县农村水利水电工程的建设、管理工作，又要负责凤凰水库工程技术管理与指导工作，还要经常上北京、到杭州，做好协调、争取项目。在这么繁重的工作任务中，他始终保持着良好的工作状态和精神状态，严格按要求开展项目管理，从严把关。凤凰水库建设达到了高标准严要求，戴达华功不可没。

戴达华在工作上兢兢业业、勤勤恳恳，其业务水平、工作能力在安吉县水利系统内外得到了上上下下的认可。1984年，他就被吸收为县第一届政协委员。随后，他接连担任了二十四年的政协委员，经历了三年一届、五年一届的更迭，直至临近退休。

在担任县政协委员期间，无论在农业界还是科技界，戴达华总是从水利人、科技工作者的角度，认真履行委员职责，每年都要深入基层调查研究，倾听群众意见，向政协会议提交提案，反映社情民意。全县水利总体规划的编制工作、西苕溪开发利用应该遵循的原则、某一家小微型水电站如何改造、某一条沟渠应该是怎样的走向等等，老百姓关心的大大小小、林林总总的水利方面问题，都是他关心、关注的重点。他提交的多个提案被确定为年度重要提案，1996年提交的《关于进一步做好我县水土保持工作的建议》就是其中之一。

水土保持是指人们预防和治理水土流失的活动。防治水土流失，是改变山区、丘陵、风沙区面貌，治理江河，减少水、旱、风沙等自然灾害，建立良好的生态环境，发展农业生产的一项根本措施，是国土整治的一项重要内容。我国1957年发布了《中华人民共和国水土保持暂行纲要》，1982年发布了《水土保持工作条例》。此后，国务院及其有关部门和地方各级人民政府还制定了许多专门的水土保持规定。1991年6月，第七届全国人民代表大会常务委员会第二十次会议通过了我国首部《中华人民共和国水土保持法》，2010年12月第十一届全国人民代表大会常务委员会第十八次会议做了修订。《中华人民共和国水土保持法》，对水土保持的任务、措施和组织管理等做了具体规定。

为贯彻落实《中华人民共和国水土保持法》，进一步加强水土保持工作，防治严重的水土流失，保护生态环境，1993年，安吉县在县水利农机局设立了水土保持管理站。

安吉县地处浙江西北部，全县地势西南高、东北低。县域地貌有山地、丘陵、岗地、平原四种类型，属于亚热带季风湿润气候，全县多年平均降雨量一千五百三十九点九毫米，多年平均水资源总量十四点九八亿立方米。这些特殊的地理和气候条件，决定了安吉县水土保持工作的重要性和任务的严峻性。水利部从1994年开始在全国开展了第二批水土保持监督执法试点工作，安吉县迎难而上，主动争取，被列为试点县之一，2015年顺利通过水利部的验收。但由于对这项工作的认识还存在差距，基础薄弱，经济投入有限。水利主管部门有积极做好这项工作的愿望，但也认识到面临的巨大压力，这成了水利系统上上下下关注的重点、难点和焦点问题。作为水利方面的专业技术人员、高级工程师，戴达华看在眼里，急在心里，他想方设法努力助推这项工作。

1996年初，戴达华开展了多项调研活动，准备撰写政协会议提案，将水土保持工作也列入了他的调研内容之一。他看到大量的工程建设、开矿采石采沙造成水土流失，然后又要投入资金加以修复，浪费严重、损失巨大，很是痛心。同时，他又发现，绿化造林本身，如果不科学实施，也会造成水土流失，安吉县是山区县、林业大县，这方面问题尤为突出。比如全垦造林，遇到雨季，水土流失就非常严重。再比如，若种植的是冬季落叶植物，像板栗等树种，几年之后，土地板结，树根裸露，根本没有固土储水的作用。水土流失还导致了植被破坏、河道淤积，影响防洪抗涝和正常灌溉。他沿着天荒坪电站施工道路，踏遍了每一个露天工地；他深入杭垓地区深山之中，勘测可以说明问题的地带案例；他沿着赋石水库、老石坎水库岸边，拍摄被泥土淤积受损的山塘、沟渠的照片，积累了丰富的第一手资料，提供了有力的证据。在此基础上，他提出，要加强工程建设、矿产开采和全垦造林的水土保持与治理修复工作。他建议：提高全民水土保持意识；在报批易造成水土流失的工程项目的同时报批水土保持方案，做到同时设计、同时施工；研究建立解决全垦造林水土流失的机制。

这一提案很快被确定为1996年重要提案，并于3月26日及时转交县政府研究办理。

县政府对办理这一提案高度重视，加强了相关法制宣传，编写了《中小学生水土保持知识》教学读本，修改完善了《安吉县实施〈中华人民共和国水土保持法〉暂行规定》。率先在缲舍乡缲舍村七十亩全垦造林地里进行套种牧草的试点，在山区和丘陵地区推行"新上开发建设项目，必须有水利行政主管部门审批同意的'水土保持方案'，计划部门方可立项"的前置条件。以1995年安吉县荣获"全国第二批水土保持监督执法试点工作达标县"为新的起点，安吉县水土保持工作不断创新发展，从机制、体制和探索性操作上，迈开了新的步伐！安吉县水土流失面积以年均十余平方公里的面积在缩减，坡耕地全部退耕还林，林草保存面积占宜林宜草面积的百分之九十八点九，治理度百分之八十以上的小流域面积占县域应治理小流域总面积的百分之五十七点二，水土流失综合治理程度达百分之七十二点四，土壤侵蚀量减少百分之四十九点二。1997年安吉县水利局获"全国水土保持先进集体"，2000年安吉县获"全国水土保持生态环境建设示范县"，2013年安吉县获"国家水土保持生态文明县"。

历数安吉县水土保持工作的累累功绩，很多人对基层一线科技工作者戴达华提建议、出主意、献计谋，助推水土保持工作再上新台阶表示肯定，但戴达华还是只有几个字的回答："我就是做事的人！"

本文同题采访稿收入2020年安吉县政协编、中国文史出版社出版的《"两山"路·政协情》一书。

# 他，催生了安吉"生猪定点屠宰"

我们到市场购买猪肉，总能在猪肉上看到动物产品检验合格章、验讫章。有印章的猪肉是经过畜牧兽医部门检疫的集中定点屠宰的生猪肉，可以放心吃。

"生猪集中检疫、定点屠宰"，提升了舌尖上的安全。这件好事，在现今看来，已经习以为常。然而，在漫长的历史长河里，它还是一项新生事物，还只有短短的二十三年历史。

回首二十三年前，安吉县政协委员刘荣庚可谓是这项"好事"的催生人。

出生在章村的山里青年刘荣庚，1963年毕业于浙江农业大学畜牧兽医专业。一毕业，他就被分配在县良种场工作。在良种场刘荣庚一待就是十年，他在猪圈里勤学苦练，虚心钻研，把在学校所学的理论知识与具体实践相结合，积累了丰富的畜牧兽医工作经验。1973年，他被选调到县农业局，成了县畜牧兽医站的骨干力量。

在县畜牧兽医站，刘荣庚不仅及时了解掌握全县畜牧业发展情况，还积极主动下基层指导畜牧兽医服务工作，倾听畜牧养殖大户的意见建议，遇到困难和问题，及时帮助解决。

刘荣庚在专业技术上是带头人、急先锋，他不仅在专业技术业务指导、行业管理等方面发挥带头人作用，而且在培养畜牧兽医专业新生力量方面做出了积极努力。他主动认真指导培养业务科室的新生力量，细心讲解原理，深刻分析病例，让身边的年轻人快速成长为业务骨干，其中一位已成为邻县小有名气的畜牧养殖管理行家。在这期间，刘荣庚还兼任了中央农业广播电视学校安吉分校畜牧兽医专业课教师，在这个岗位上，他更是将理论与实践相结合，通过讲台这一平台广泛地传播科学养殖、科学管理知识，培养了一批畜牧兽医行业的骨干。当年的农广校学员、安吉正新牧业有限公司董事长沈顺新就不无骄傲地说："刘老师教了我很多养猪知识。"

刘荣庚对全县畜牧业情况了如指掌，解决问题有针对性，深受群众欢迎。因此，1984年，他成为安吉县第一届政协委员。接连十四年，刘荣庚连任四届县政协委员。一直充满责任感和自觉性的刘荣庚，积极认真履行政协委员职责，始终保持深入基层、联系群众、掌握实情、及时反映民意的工作本色，每年都在深入调查研究的基础上，撰写并及时向政协会议递交提案。他递交的提案有的得到了县领导的批示，有的被评为年度优秀提案，有的直接解决了一些具体问题。

有一年，刘荣庚在调查中发现，全县动物卫生防疫有关证书由县畜牧兽医部门负责审核、颁发，但是，某镇规定，须由镇卫生防疫机构签署意见方可向上申报，而且要收取一定的费用。刘荣庚认为这是多了一个"婆婆"、多了一个收费单位，就向县政协提交了要求废止该镇卫生防疫机构审核程序的建议。在县政府的督促下，这个镇卫生防疫机构停止了错误做法。

作为政协委员，刘荣庚时刻牢记责任，为安吉的发展充分发挥自身的优势。每次外出，不管是参加业务会议还是政协委员考察，他总是要详细了解当地发展畜牧业的新思路、新举措、新政策、新方法，思考着如何在安吉实施、执行。为了提高畜牧养殖效益，他到全国各地考察过饲养山羊、七彩山鸡、野猪甚至猴子的技术，详细了解经济效益和有关经营情况。1995年底，刘荣庚随同湖州市畜牧兽医站技术人员到温州考察。温州市农业局领导介绍经验时讲到了"生猪集中检疫、定点屠宰"的做法，这一下子触动了他脑海中早就紧绷的一根弦。他不顾考察时间的限制，接连提出了许多相关问题，温州市农业局的这位领导饶有兴致地一一回答，最后还强调，可以与他们的下属单位市畜牧兽医站人员联系深入探讨。

说"生猪集中检疫、定点屠宰"是刘荣庚"脑海中早就紧绷的一根弦"，真的不假！他在阅读专业书刊时，经常看到一个词——人畜共患病。人畜共患病是一种传统提法。20世纪70年代以来，全球范围新出现的传染病和重新出现的传染病达到六十多种，其中半数以上，不仅仅是人类与其饲养的畜禽之间存在共患疾病，而且与野生脊椎动物之间也存在不少共患疾病。1979年世界卫生组织和联合国粮农组织将"人畜共患病"这一概念扩大为"人兽共患病"，即"人类和脊椎动物之间自然感染与传播的疾病"。人类与人类饲养的家禽家畜关系密切，因此，家禽家畜通过唾液传播的狂犬病、通过粪溺传播的钩端螺旋体病、通过空气和飞沫散播与通过毛发和皮肤垢屑传播的多种传染病，都有可能传染给人，成为人兽共患病。作为畜牧兽医专业技术人员，刘荣庚对人兽共患病深感忧虑。如何解决？刘荣庚建议从最常见的问题开始，逐个解决。于是联想到了推行"生猪集中检疫、定点屠宰"。

从温州回来之后，刘荣庚立即深入养殖场、乡镇畜牧兽医站、县供销社、县商业局走访调查，连续几天沉浸在思索之中。他发现，安吉县生猪屠宰放开以后，以个体户为主的生猪分散屠宰，场地条件差、卫生要求低、污染源多、疾病传播快，甚至有少数屠宰工只顾经济利益，销售死猪肉、病猪肉的情况也屡屡发生。最为常见的人兽共患病就是生猪"口蹄疫"即我们俗称的"5号病"，曾一度在部分地区蔓延。当他到县发改委调研时，听说县发改委在这方面已经开始着手准备，这给他增添了信心，他更加兴奋了。在1996年初县政协会议召开之前，他就撰写了《关于建议推行生猪集中屠宰、检验》的提案。3月20日，递交给了大会秘书处，大会秘书处将其列为当年第85号提案。

他在提案中向政府告急：目前，安吉县5号病（口蹄疫）危害严重，梅溪、晓墅大批发生，递铺周围也有发生，递铺农贸市场生猪白肉检验中也时有发现！他强调：5号病（口蹄疫）是家畜发生的重大传染病，且人畜共患，严重危害人类的健康。他提出了解决途径：生猪屠宰前检疫很重要，准确度高，也是在生猪加工过程中防止各种病疫污染的重要措施。温州等地率先实行"生猪集中检疫、定点屠宰"，既方便检验，又能防止传染病源扩散，给城市卫生管理带来诸多好处，有利于居民身体健康，有利于畜牧业健康发展。他建议：在安吉县推行"生猪集中检疫、定点屠宰"。

刘荣庚的这一提案提出后，立刻引起了多方重视。1996年3月26日，县政协秘书长签发了"转县府办研究处理"的初审意见。

为落实这一提案，县政府成立了县生猪定点屠宰领导小组，分管农业的副县长任组长，并由县农业局牵头负责提案的办理工作。

县农业局会同县发改委、县商业局、县供销联社，采取积极措施切实加以落实。相关人员多次与刘荣庚沟通、协商，制订了多套方案供县政府领导决策参考。最后决定，步骤：先在县城递铺推行；然后创造条件逐步在梅溪、晓墅、孝丰推开；在条件允许的情况下，在其他乡镇推开。选址：县城附近。场地：由县商业局将位于县城北面安乐村云盘山山坳里的县食品公司仓库腾空，进行改装。责任明确：场地改造和设备准备，由县发改委负责；检疫技术力量和人员，由县农业局负责。

经过几个月的筹备，1996年8月，递铺生猪定点屠宰场建成并正式启用！递铺附近的屠宰人员每天凌晨3点就将需要屠宰的生猪集中到屠宰场，由县畜牧兽医局派出的专业技术人员现场检疫，宰杀后再由他们盖章确认，然后才运送到市场销售。每天集中屠宰生猪二百多头。

1997年4月孝丰镇、1998年5月梅溪镇分别开始推行"生猪集中检疫、定点屠宰"！日屠宰量分别在一百头上下。

1996年10月10日，由县农业局牵头，对提案办理情况做出了答复。

县农业局对刘荣庚关注、关心人民身体健康事业和畜牧业生产工作表示衷心感谢，并给予了高度评价。县农业局回顾了大规模猪"口蹄疫"病给安吉县人民生活带来的影响和造成的损失，分析了发生大规模猪"口蹄疫"病的根源，通报了全县采取措施控制疫情、扑杀病猪、落实"生猪集中检疫、定点屠宰"的工作情况，充分肯定了"生猪集中检疫、定点屠宰"对于控制猪"口蹄疫"病、防止人兽共患病的蔓延、提高人民健康水平的重要作用。

作为畜牧兽医专业技术人员，刘荣庚实际上全程参与了"生猪集中检疫、定点屠宰"的筹备工作，多次到现场指导，提出专业要求，并就强制推行"生猪集中检疫、定点屠宰"后续工作不断提出新的建议。

县政府根据刘荣庚的建议，加大了对"生猪集中检疫、定点屠宰"工作的执行力度。县畜牧兽医局加强宣传工作,积极开展专业知识培训。县农业执法大队及时掌握相关信息和线索,严肃查处违反规定的屠宰行为。根据"全县畜牧业发展规划",县政府还制定了《安吉县生猪屠宰企业规划》。2012年以来,县畜牧兽医局下属成立了动物卫生监督所,名称改变、职能调整,但加强"生猪集中检疫、定点屠宰"工作力度不减。近期,县畜牧兽医局已按照生猪屠宰检疫的有关规定,着手研究由县动物卫生监督所向三个屠宰场派驻官方兽医及协助检疫人员,加强驻场生猪检疫工作。

近年来,安吉县农民饲养生猪的积极性减弱,再加上实施了禁养区、限养区内畜禽退养拆迁工作,全县生猪养殖数量急剧下降,生猪屠宰量也随之下降。安吉县生猪饲养量存栏在三万五千头左右,其中规模养殖场存栏三万二千头左右,农村地区散户饲养三千头左右,县内生猪养殖规模场饲养生猪百分之九十八销售至外县,散户以饲养年猪自宰自食为主。2017年下半年,全县三家生猪定点屠宰企业日屠宰量下降到三百头上下,在节日前夕和安吉白茶采摘季节,生猪屠宰量才略有上升。尤其是梅溪农贸市场,猪肉产品基本是外地调入,梅溪生猪屠宰场,2018年上半年日屠宰量不到六十头,屠宰场明显处于亏损运营状态。有关部门提出了调整屠宰企业的建议,县政府根据实际情况做出了"同意调整《安吉县生猪屠宰企业规划》的批复",决定安吉县食品公司梅溪生猪定点屠宰场于2018年9月

30日起停止生猪屠宰业务，安吉县食品公司孝丰生猪定点屠宰场于2018年10月16日起停止生猪屠宰业务。全县生猪定点屠宰职能由安吉县食品公司递铺生猪定点屠宰场承担，优化屠宰企业设置布局，落实监管资源整合，强化生猪检验检疫。

当我与刘荣庚聊起"生猪集中检疫、定点屠宰"情况发生变化时，问他：你了解这些情况吗？

"了解，了解！"他兴奋地告诉我，虽然退休在家，但他一直关心这项工作，就连在前几年得了脑梗，行走不便时，他还经常通过广播、电视、县农业局老干部活动以及新老同事之间的电话联系，了解畜牧业发展情况，当然也包括"生猪集中检疫、定点屠宰"工作，"因为这是关系到人民生命安全和身体健康的大事！"

本文采访稿以《生猪一定要集中定点屠宰》为题，收入2020年安吉县政协编、中国文史出版社出版的《"两山"路·政协情》一书。

# 孟家长与他的生态农业

深藏山间有杰作！

安吉县缫舍乡缫舍村农民孟家长，十四年来，已初步建立起种养结合的小规模生态农业体系，取得了较显著的经济效益。

1979年春，孟家长开始了房前屋后植树绿化，种了泡桐、杉木、桃子和小毛竹。

他，敢为人先，率先搞起"私有制"。在政策发生变化后，他又积极发挥党员干部的带头、带领作用。

1986年冬，还在担任村党支部书记的孟家长，带头承包了村里二十五亩荒山，开挖以后，种上了五百来株板栗。他自己还到林业、科协等部门拜师学艺，了解、引进优良品种，购买了《嫁接的原理与利用》等十多本科技书，试验成功了板栗速生技术，达到了板栗嫁接后第三年全部结果的速生效果。1992年，二十五亩板栗获经济收入七千四百元。去年（1993年）在天气不尽如人意的情况下，经济收入也有六千三百元。他还在林间开展林粮套种，以短养长，提升了土地的利用率和经济收入。

为了解决稻田和林地的肥料问题，孟家长根据当地林间自然牧草丰富，放牧条件好的优势，于1987年底开始饲养山羊。这一年，他买了二十一头种山羊，刻苦钻研养羊技术，初步摸索出了一套养羊的经验。从1990年开始，他家每年出售商品羊都在二十头以上，年净收入在一千元以上，年存栏羊在七十头以上，1992年、1993年出售商品羊四十余头，去年（1993年）仅售山羊一项，经济收入达五千元。每年向板栗、稻田、竹山、茶山供羊粪三百担，形成了"羊多肥多粮丰树苗壮"的生态农业体系。同时，在他的带领下，缫舍乡成立了养羊协会，协会会员达三十多户一百多人。这一协会还被列为中国科协"百县千会"试点单位。

孟家长种养结合的生态农业体系有了显著的经济效益，1993年，这一体系的经济收入达到一万五千元，而经营这体系的主要劳力是都已年过半百的孟家长老两口。

本文原载1994年2月21日《湖州日报》。

# 忘我的卫定

在安吉县孝丰镇，从镇、村干部到普通农民，都在传颂着他的事迹，说他是一位"忘我工作的农技员"。

## "抗病"有定力

他叫沈卫定，今年（2017年）五十八岁，从事农业技术指导和农技科普工作已经三十五年。他患有严重的糖尿病，每次就餐前和睡觉前，都必须注射胰岛素降糖，一年三百六十五天，不管春夏秋冬，每天如此，已连续三年。

2005年，正值壮年的沈卫定，肩负全镇的农技推广工作，由于长期劳累，积劳成疾，11月的一天，他正在老石坎村陪县农业局有关人员检查农业项目实施情况，突然晕倒。晕倒是因为糖尿病突然发作，导致酮症酸中毒。此时，他才知道自己患上了糖尿病。2010年，由于感冒，胃口不好，胰岛素注射后进食量不够，发生了低血糖，沈卫定又一次在田头晕倒。糖尿病是渐进性慢性病，他患病已经十二年，病情慢慢加重，原来每

沈卫定（右）指导果农开展果园管理

天打两针胰岛素，现在变成了每天打四针，一些并发症也悄然出现，如胃肠动力严重不足，需要依靠药物调理肠道，每天吃一包泻药来通肠排便。然而，这么多年来，他从没有因此要求离开岗位，影响工作，他的身影仍然一年四季出没在田间地头。他对农业技术指导工作的热爱、对农民兄弟的热心、对助推农村发展事业注入的热情，结出了丰硕成果，多次被评为县科普工作先进个人、优秀农业技术员，市、县十佳农业科技推广先进工作者，荣获安吉县效益农业发展特别贡献奖、浙江省农技推广先进个人奖等荣誉。

## "推新"急先锋

作为农业技术人员，推广新品种、新技术是沈卫定义不容辞的职责。随着种粮效益的下降，粮田逐渐向规模户集中，新品种和新技术的推广尤为重要。沈卫定审时度势，把"推新"工作重点转移到种粮大户，近三年来，积极推广高产、优质、高效的水稻新品种六只，推广面积一万三千亩，亩增粮食在一百公斤以上，使种粮农户增收三百九十万元以上。2015年由于气候变化，稻瘟病全面暴发，察觉到这一情况后，沈卫定及时提前采取应对措施，发布信息，通知农户做好防治工作，使全镇五千亩感病品种得到了有效防治。为提高生产效率，他积极推广农业机械，先后指导种粮大户购买收割机五台，增添烘干设备两套，全面完成潴口溪粮食合作社烘干中心建设工程。

## "树标"真服务

安吉七彩花卉有限公司是从上海引进的客商建立的大型花卉种植企业，镇政府希望通过这家企业带动当地花卉产业的发展。镇领导将该企业的服务联络工作交给了沈卫定。沈卫定积极协助当地村委会和上海客商落实规划设计、征地等工作，服务到位，深得客商的好评。

该公司将大花蕙兰基地建设及品种引进作为重点。沈卫定及时自学大花蕙兰种植相关知识，并和公司技术人员一起，从安吉气候特点出发，提升大花蕙兰品质。他认为，大花蕙兰属于兰科兰属多年生草本植物，从试管瓶苗至成品花生产周期需三年。安吉具有比较丰富的适宜农业生产的自然优势，地理垂

直高度从零海拔到
一千米海拔，水汽
充足，光照强烈，
四季分明。公司应
该充分利用这些自
然资源，根据市场
需求，嫁接优良品
种，培育反季节品
种。公司采纳了他

沈卫定（左）在农田指导

的建议，在不同海拔的几个地方建立了试种实验室，成功培育出了符合市场需要的大花蕙兰品种，缩短了大花蕙兰的生长周期，大大提高了大花蕙兰的市场价格，赢得了丰厚的利益。附近跟着种植的小农户，也取得了较好的收益。

城北种粮大户林建兴承包水田六百五十六亩，沈卫定是他的技术顾问，确保每个星期下田检查一至两次，帮助解决生产中遇到的困难和问题。在其资金困难时，还帮助他筹集资金五万元，以购买农资。去年（2016年）出现甬优系列卖粮难问题时，沈卫定主动帮忙对接客户，及时解决了困难。

### 科普勤落实

沈卫定长期在基层从事农业技术推广工作，适合当地特点的农业技术信手拈来，因此，在多个乡镇担任过科协委员，对农业技术科普工作也情有独钟。他坚持从自身职业出发，积极开展农业技术培训，发布农业科技信息。每年在本镇组织开展农业科普宣传四次以上，组织农业技术培训十五期左右，承担县级以上科技项目一项以上，科技活动周、科普日系列活动期间，他是一名非常活跃的组织者和联络人，近三年来，培训人数达到六千五百九十人次，充分利用农民信箱发布技术信息十二万五千条，举办科普讲座二十四次，发放科普资料八千二百多份。他还积极指导农业科技示范户走科技发展致富之路，近三年来，先后培养农业科技示范户一百二十五户，辐射带动农户四百二十户，使农业科技真正深入农户。

瓜果种植大户林日东，从温岭来孝丰城北社区发展，起初，他对当地气象气候条件很不熟悉，在培育过程中出现了好多问题。沈卫定了解情况后，主动上门指导，赠送技术资料，并积极协助做好生产环节的管理工作。遇到的问题被一一解决，家庭农场取得了丰厚的收益。

孝丰城北东峰果园和城东东槐杨梅基地，在特色瓜果滞销之时，作为镇农办农民信箱联络员，沈卫定急果农所急，他分析认为，特色瓜果滞销的原因是消费者不了解两个基地的果品特色，于是，他在农民信箱"每日一助"上，简单介绍了两个基地的果品特点，发布了销售信息。从第二天起，东峰果园的林先生每天都能接到几十个订货电话，安吉各地都有。一个月时间不到，葡萄销售一空。林先生十分感谢镇农办，说："'每日一助'真是我们农民朋友销售农副产品的好帮手。"

本文首刊于2017年第10期《浙江科协》杂志。

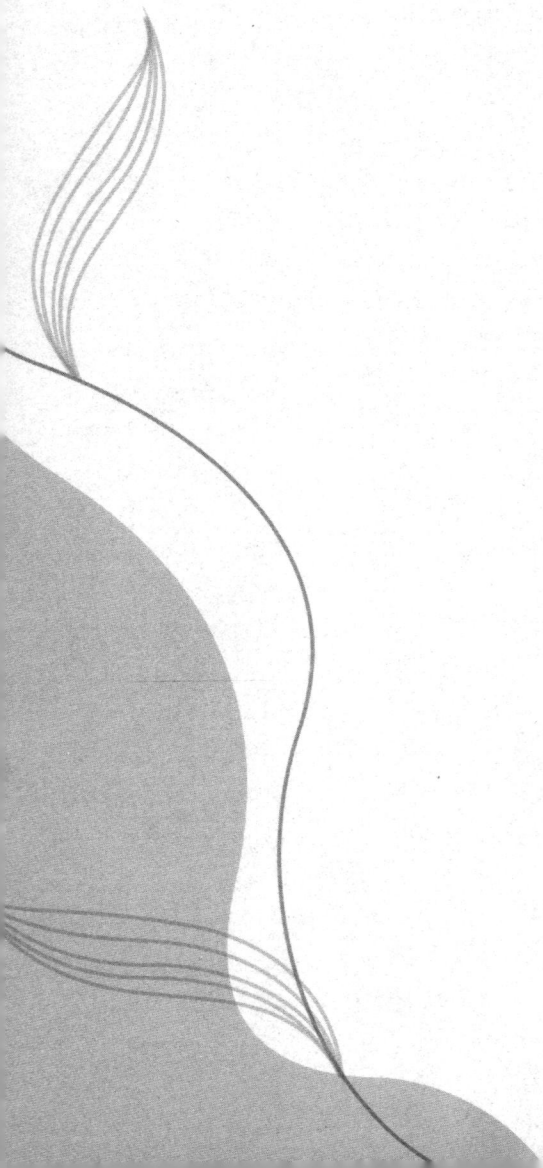

第三辑　老兵风骨

# 他，参与了三场"第一"的战斗

## 苦难童年

南溪和西溪在这里汇合，凝聚成了安吉的母亲河——西苕溪。这里，就是安吉县递铺街道六庄村长潭自然村。1932年，诸守春就出生在这个村子里。那时，这里还叫作孝丰县永福乡六庄村。

孩提时代诸守春就遭遇了苦难。父亲原来是个壮劳力，甚至还是撑筏好手，但因长期劳累过度，患上了"黄胖病"（当地

诸守春在学校给孩子们做报告后，少先队员向他献花

人俗称），在诸守春四岁时就病逝了。七岁那年，母亲及一个哥哥，也相继离开人世。姐姐两岁时就被送出去给人家当童养媳，还改了姓。母亲和哥哥离世后，他便成了孤儿。他根本记不清自己父母亲的模样，连自己是哪个月出生的，也没有人告诉他，5月1日这个出生日期，是他自己后来依照"劳动人民的儿子，劳动节出生"的想法，私下决定的。"没有家"的诸守春无依无靠，四处乞讨，过着几乎是流浪的生活，骨瘦如柴。八岁时，经亲戚介绍，诸守春被送到孝丰县金苕区紫岭乡统里村（现为安吉县报福镇统里村）的表叔陈治秀（陈浩）家，当起了小马倌，总算有了吃住的地方，还上了一年私塾。

1945年10月，经表叔推荐，诸守春翻过紫岭头，走出了统里村，进入县城祥泰丰布店当学徒。在布店，同样需要起早贪黑，以维持生计，但由于比较勤奋，当学徒时，诸守春还学了一点文化，会做一些简单的货物进出记录。新中国成立之初，他继续利用工余时间，上夜校扫盲班学习。

1951年3月，十九岁的诸守春应征入伍，成了一名光荣的中国人民解放军战士。从苦难中走来的诸守春，对参军，真可谓欣喜若狂！

## 征战南北

（一）参加了"新中国成立后打出中国人民精气神第一仗"

作为新兵时，诸守春就驻守在当时还是东海前线的浙江温州乐清虹桥。半年新兵训练结束后，他被分配到步兵一〇五师通信队担任通信员。

1951年底，空军航空兵到华东陆军各部队挑选空勤、地勤战士，个子高高、身体棒棒的诸守春很快被选上，从温州调到杭州，成为航空第六预科总队四大队学员。他和学员们不怕条件艰苦，精神饱满地参加各项训练。

就在紧张训练之际，诸守春收到了原所在陆军部队的来信，并附有《立功证明书》一份。原来，他在陆军部队时表现突出，被记四等功一次。这对于参军还不到一年的新兵来说，真是喜从天降。从此，他更加珍惜荣誉，学习训练也更投入。

不久，由于抗美援朝的需要，他作为学员，随部队北上，参加了号称"新中国成立后打出中国人民精气神第一仗"的抗美援朝战争！

他所在的部队驻扎在鸭绿江边的丹东市郊，担负着阻击敌机，保护鸭绿江大桥的重任。诸守春的岗位属于地勤，是机械员助理，负责协助机械师对参战飞机进行机械管理和维护，校验瞄准器、监测炸弹有效期、核对型号以及检查、保养、补充、更换等等。虽未入朝，但同样处于战斗前线，军营驻地也经常遭到美国飞机的轰炸，有不少战友就牺牲在那里。因为还是学员，诸守春边做边学，进步很快。之后两年，他一直坚守在抗美援朝防空阵地。1954年，他先后获得了"抗美援朝纪念章"和"和平万岁纪念章"。2020年10月，他兴奋地佩戴上了中共中央、国务院、中央军委颁发的"中国人民志愿军抗美援朝出国作战七十周年"纪念章。

（二）参加了"中国人民解放军军事史上第一次三军协同作战"

1953年3月，从抗美援朝战场归来的诸守春随部队从东北回到杭州。一个月后，他被选送到太原第十航空机务学校学习，成为四大队二十三中队学员，开始系统全面学习专业知识。1954年5月，他被批准加入中国共产主义青年团。1954年6月，在航校第七期军械科学习期满后，他以专业技术人员的身份，被分配到航空兵十二师三十四团直属中队，担任专职军械员。

1955年，元旦刚过，部队突然接到上级命令，要求对所有飞机进行连续三天的严格检查。"可能要解放台湾了！"战友们个个从内心发出了迎战的喜悦。

16日晚上，命令下达，所有飞机开往宁波集结。到达宁波后已是深夜，诸守春和战友们根据飞机养护规程，立即给飞机穿上衣服，贴上封条，做好隐蔽工作。

17日晚上，首长到驻地看望战士们，这才告诉大家："明天我们要攻打一江山岛！"

18日，由华东军区参谋长张爱萍统一指挥，发动了一场惨烈的登陆战——对国民党军据守的浙江省东部一江山岛进行进攻作战。这场战斗，是中国人民解放军首次陆、海、空三军协同作战。

18日上午8时开始进攻，首先出发的就是空军战机。诸守春所在的部队，利用歼击机，担负对轰炸机、强击机的空中护航任务。作为军械员，他和战友们一起，及时做好飞机的安全养护和炮弹补充等工作。敌我双方，战斗激烈，尤其是，当时我军的飞机性能落后，与敌军战机相比，真是有天壤之别。从陆、海军集结开始至战斗结束，歼击机持续不断地实施空中掩护，有效控制了作战区的制空权，保障了地面部队的进攻和轰炸、强击部队对岛上目标的准确突击，支援了地面部队把五星红旗插上一江山岛。

19日凌晨2时左右，喜讯传来，经过不到一天的战斗，解放军夺取了一江山岛，敌指挥官王生明被击毙，副指挥官王辅弼被俘，中国人民解放军取得了陆、海、空三军第一次联合作战的伟大胜利。

（三）所在部队创造了国土防空作战夜间无光空域首次击落敌机的纪录

1955年3月，诸守春所在的空十二师由杭州笕桥基地转至浙江衢州基地。

那时，台湾国民党空军飞机经常夜间窜来大陆，深入内陆地区。而我空军还没有开展过夜间飞行训练，且飞机尚未配备雷达，以致我们的飞机无法起飞应对敌机。敌机过来了，我们只能拉响警报，通报一下。为打击敌军的夜间骚扰，我军请来了苏联专家指导夜间飞行训练。战友们刻苦训练，很快掌握了夜间飞行基础技术。

1956年6月22日深夜，防空警报突然响起，有架敌机从台湾飞来大陆，很快将进入空十二师防控范围。正在机场值班的飞行员们立即驾驶四架轮值飞机起飞，初次开展夜间拦截敌机行动。我军飞机没有雷达，只能由机场通过无线电指引，迎击敌机。

四架飞机飞上夜空，先是大范围盘旋，四处搜索，但没有发现敌机。再次指引，搜索，还是没有发现！缩小范围，小范围盘旋搜索，终于发现敌机。

"开炮、开炮"，连续几次，虽未击中，但飞行员们借助炮弹划过夜空和在不远处爆炸发出的闪光，摸清了敌机的行动轨迹。

此时，已经进入6月23日凌晨，空三十四团团长鲁珉驾驶米格-17F型机在江西广丰县岭底乡上空，紧跟着敌机，连续炮击，终于击落国民党空军B-17G型机一架。敌机上的飞行官、领航官、通信电子官、机械兵等十一人全部毙命。这一击，创造了国土防空作战中夜间无光空域首次击落敌机的纪录！

这一天，诸守春也在轮值，在地勤岗位上，兢兢业业地为战机提供相关服务，全程参与了这场再创空军史上又一个"第一"的战斗。

## 屡建功勋

诸守春出身贫寒，进入人民军队后，完全把部队当作自己的家，全身心地投入军事训练和文化学习，表现突出，受到部队和首长的肯定，屡次受到嘉奖。1956年6月，他光荣地加入了中国共产党。2021年7月，荣获中共中央授予的"光荣在党50年"纪念章。

诸守春参加了航空兵预科、航空学校（太原）军械专业、空军第三文化速成中学的学习。

参军还不到一年，诸守春就被部队记四等功一次；后来，获得大军区空军"五好"称号；1959年2月28日，被北京军区空军司令部、政治部记三等功一次；1966年1月，获"二级技术能手"称号……

诸守春的文化水平、专业技术水平得到了快速提高，军衔职级也相应得到了提升，军械员、分队长、军械主任，一路晋升，到1979年转业前夕，已经担任空三军二十二师瓦房店场站军械航材股副股长。

随着技术水平的提高，诸守春很快从学员变成了教员。1958年8月，他被调到北京军区空军部队建在天津的空军第一训练基地，在一团三中队担任分队长。在机场刚刚建好，还没有飞机的情况下，他就开始指导学员开展训练。后来他转到山东高密，负责训练来自当时的社会主义国家越南、阿尔巴尼亚等的空勤人员，阮文坤、谭友脑、武士安、张文树……很多越南籍士兵在多年之后，还经常来信问候诸老师。他也十分珍惜这份友谊，至今还经常翻看十几位学员送给他的照片，回忆那段象征友谊、和平的美好时光。

诸守春积极利用自己所掌握的专业知识和经验，为祖国的航空事业服务。他在工作中发现，飞机上装载的炮弹，到期后，都要卸下销毁。而在训练中所使用的炮弹都是生产出来不久的新炮弹。他提出建议，将飞机上即将到期的炮弹提前换下来，用到军事训练中，而将那些新炮弹补充到飞机上，以此减少炮弹的损耗。他的建议得到了部队的重视，在军械管理系统及时得到了推广。

有一次，诸守春看到部队靶场附近有很多人在走动，一打听才知道，这些人是在捡拾丢弃的炮弹壳和一些废铁。这件事让他产生了浓厚的兴趣。他走访了部队附近的农民家庭、供销社收购站和一些铁匠铺。这才发现，原来

诸守春与妻子陶银兰

有一些炮弹落地后没有爆炸，附近的农民们就将炮弹弄回家，然后用工具将上面的紫铜敲下来，出售给收购站。有的甚至将废铁砸碎，卖给铁匠铺。这样做，未爆炸的炮弹很容易被引爆，伤害到群众。他边走访调查，边拍照、搜集资料，还随手回收了一百多枚炮弹头，然后交部队集中销毁。照片和资料寄给了空军装备部，引起了全军的重视。诸守春在空军全军大会上介绍了自己的做法，还获得了嘉奖。

诸守春把美好的青春时光，献给了祖国的军事航空事业。1979年底，他转业回到家乡安吉。

诸守春至今还清楚地记得，他与妻子陶银兰和两个孩子是1980年1月8日回到安吉的。回到阔别已久的家乡，诸守春心里充满了抑制不住的激动。

回到家乡后，诸守春像一名新兵，在新的岗位上重新开始。他兢兢业业、孜孜不倦地学习新知识，适应新要求，先是在县物资局下属公司工作，后来调到县经济协作办公室工作。1992年退休，依照规定，他还享受了省部级劳动模范待遇。

2021年7月

本文收入《绿色竹乡的红色故事》（暂定名）。

# 历经硝烟后，成就医者仁心

翠竹青松碧连天，蝉鸣蛙叫唱丰年。

2021年5月下旬的一天，风和日丽。清晨，我来到了紧靠306省道的小山村——浙江省安吉县杭垓镇桐杭村。

这里不愧是美丽乡村精品村，走在村子里，心旷神怡！从村委会办公室出发，道路虽然有些狭窄，却干净平坦，两旁尽是大院子。院子里矗立着崭新的楼房。每一个院子门口都悬挂着用紫红色木板制作的精美的"美丽庭院"牌子。向西步行几百

管正来挂起军功章接受采访

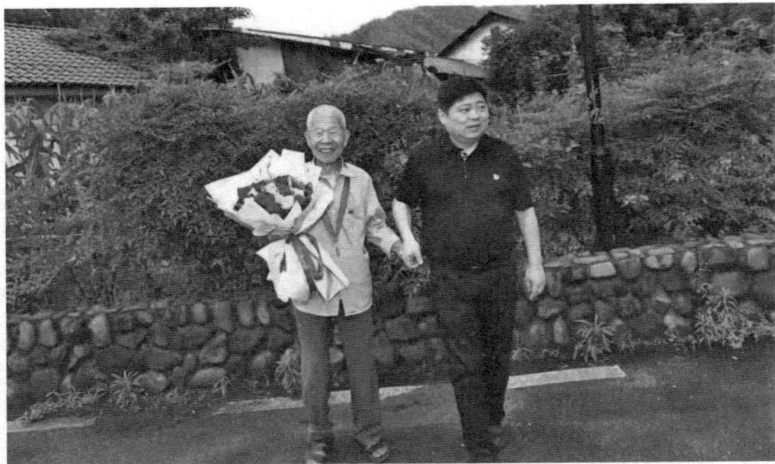

杭垓镇党委书记为管正来颁发"光荣在党50年"纪念章

米，拐弯向北，走过几步宽阔的台阶，便远远地看到一位白发苍苍的老人站在一幢小楼的门口。陪同我采访的桐杭村村委会委员张伟强告诉我："管医师已经在门口迎接我们了。"

已是八十六岁高龄的管正来，一直是村里的"赤脚医生"，所以，村民们都亲切地称他"管医师"。

管医师，一米六几的个儿，满头白发，脸上皮肤有些松弛，但给人的感觉，筋骨很好，手臂有力，身体硬朗。

握手、让座、寒暄之后，我们便攀谈起来。在交流中，管医师思维敏捷，记忆力极好，说话口齿清楚。怕我听不懂带有江苏盐城口音的普通话，他还时不时地用手指在手掌心里写字说明。

## 钢铁战士

"盐城?"

对,盐城!

管正来并不是土生土长的安吉人。1935年6月,管正来出生在江苏省盐城市阜宁县马集(后更名为芦浦)老管村。1951年,刚刚考上初中、年仅十六岁的他,应征入伍,被分配到盐城军分区。

几乎还是孩子的管正来,在部队很想多上点学。在新兵连训练时,他听说军分区卫校在招生,新兵也可以报读。他怀着再读点书,弥补文化程度不高的缺陷的想法,很高兴地报了名。不久,管正来就去军分区卫校学习了。

卫校,主要传授基础医药医疗知识,以及简单的伤口处理、脱臼骨头对接等技术。管正来如饥似渴,虚心好学,很快掌握了一些基础知识和基本技能。

1952年7月,在卫校学了几个月结业后,管正来被分配到二十四军七十师炮团担任卫生员,驻地在浙江嘉兴平湖。到了炮团,没过几天,部队接到命令,立即开赴东北,准备奔赴朝鲜参加抗美援朝战争。他和战友们都感到很荣幸,怀着兴奋而紧张的心情,很快就做好了奔赴前线的准备。

1952年8月底,管正来随部队从嘉兴出发,直达吉林省集安县。9月20日,跨过鸭绿江,进入朝鲜境内。

在朝鲜的每一天，每一位志愿军战士都经受着生死的考验和战斗的洗礼。部队一进入阵地，立即抢占有利地形，加固防御设施。为了将坑道加宽、加深，部队日夜修筑坑道。有时候，为了不让敌人的侦察机发现，战士们白天一整天俯卧、隐蔽，晚上修筑战壕和坑道，昼夜颠倒。冬天，身上的棉袄白天被雪水打湿，晚上又要与泥巴打交道，睡觉时还要当被子使用，又湿又脏。在前线，一个人只有一套棉衣，再加上敌机时不时地过来狂轰滥炸，既没得换，又没法洗，条件十分艰苦。

作为卫生员，管正来首先要在团卫生所值班，不值班时，他也要和其他战士一样到前沿阵地，参与修筑坑道和战壕、运送工具和弹药等。在修筑工事的工地上，他需要背着药箱，备好医疗器械，随时为干活中受伤的和被敌机扔下的炸弹炸伤的战友包扎和处理伤口，任务比其他战士更为繁重、艰巨。

1953年，管正来被调到战斗在最前沿的炮兵一连担任卫生员。当时，美国军队经常派出飞机轰炸我军阵地，炮兵部队最容易暴露，因而，受到的攻击也最为严重。连队卫生员要随时赶赴伤员所在位置，对受伤战士的伤口进行简单包扎处理，然后由担架队送往团卫生队治疗。哪里有炸弹爆炸，哪里就是前进的目标、工作的点位。连队没有护士，卫生员什么活都干。有时候，由于山高路陡，担架队上不去，卫生员还要冒着被炮弹炸、被机枪扫射的危险，将伤员背下山。

"鲜血染红了军装，血水、汗水浸透了内衣，同时，一颗卫国、爱国之心，也就更加纯洁、火热！"管正来如是说。

1953年，管正来所在的二十四军参加了惨烈的具有历史意义的夏季反击战。上甘岭战役后，朝鲜停战谈判陷于停顿。美军继续增兵添将，到4月底，"联合国军"在战场上总兵力达一百二十万人。我军经过了反登陆作战训练后，武器装备和作战物资得到补充，阵地防御更为完善、坚固，战斗力大大增强，完全掌握了战场主动权。为了给停战谈判增加筹码，5月13日至25日，我军在"三八线"附近，向敌军发起了第一次进攻，攻击二十九次；5月27日至6月26日发动第二次进攻，进攻作战六十五次；7月13日至27日发动第三次进攻，以第二十兵团的五个军和第九兵团的一个军共六个军发起了金城战役。

管正来一直在参加夏季反击战。在金城战役中，7月份的一天，他和战友一起背着炮弹送往前沿阵地，临近炮位时，前进的道路被敌军炮弹封锁，这边过不去，那边缺炮弹，形势十分严峻。大家都在寻找通过的路径，管正来乘着一丝空隙，勇敢地匍匐前进。不料，一颗炮弹飞过来，就落在他的附近，弹片卷着泥土四处飞溅，有一块弹片击中了他脊椎的尾部。他咬着牙，忍着疼痛，继续背负着炮弹，坚强地和战友们一起冲过了这条"死亡线"，将炮弹送到了炮手身边。由于当时的技术和设备落后，管正来身上的弹片一直没有取出来。长期以来，只要天气有所变化，他的尾骨部位就会酸痛难忍。

管正来在战场上英勇顽强，表现优秀，三次受到营级嘉奖。1955年8月，二十岁的他在朝鲜战场上加入了中国共产党，成为一名"火线入党"的年轻共产党员！

## 医者仁心

1955年9月，管正来随部队回国，驻扎在北京。1957年12月，管正来转业到江苏省盐城市阜宁县，并被安排在县商业局诊疗所工作，成为一名专职医生。

1959年，阜宁县商业局组建了一支副业队，派往多个地方收购土特产，运回盐城加工，以此增收。其中有一百八十多人被派到安吉县山区乡镇，上山采集毛竹砍伐后留下来的竹枝——俗称"老枝"，就地扎制成大扫帚，然后运送到盐城销售。随队医生管正来和几十名县商业局职工，被安排在永太公社桐杭大队。永太片区以桐杭为中心，管正来和他的医疗服务站也就设在了桐杭的一户农户家里。

管正来这位副业队的专职医务人员，在解放军这个大熔炉里接受过专业老师的指导，又经过了多次培训，加上多年的学习实践，医疗水平得到了很大提高。同时，他也养成了很好的职业习惯，为队员看病疗伤，不仅态度好，而且对症下药，疗效明显，在副业队中有很高的威望。时间久了，副业队与当地群众打成了一片，管医师的名声也传到了桐杭大队社员们的耳朵里。有村民身体不适，也来请他医治，很多人的病都被他治好了。管医师是拿国家工资的，因此，给当地村民看病，一律不收费。一来二去，管医师在村民中的威信也树起来了，村内村外，谁遇见他，都亲切地叫他"管医师"。中途，他远在盐城农村的妻子许素梅来看望他，他自豪地对妻子说："我也成了桐杭大队的管医师了。"

副业队在安吉一待就是三年多。1963年，根据阜宁县商业局的安排，副业队要全部撤回去了。三年多来，管医师在桐杭的名气已很大，他的医疗水平越来越高，群众都舍不得他走。时任桐杭大队党支部书记的陈梅发，了解管正来的情况，更掌握着群众的愿望，早就在暗地里向有关部门打听，怎样才能将外地人员留在村里。心中有底的陈梅发，专门前来拜访管医师："管医师，我们这里需要你，你是不是可以留下来？"

管正来起先有点迟疑。自己是国家机关工作人员，且妻子远在盐城。陈书记看出了管正来的担忧，告诉他，如果留下来，家属的户口也可以迁过来。管正来立即写信征求妻子的意见。妻子来过安吉，对桐杭的情况有所了解，她毫不犹豫地答应："可以留下来，我也来陪你落户桐杭！"

很快，管正来答复了陈梅发书记，决定在桐杭安家落户。手续很快办理完毕，一位外地医生和他的妻子，成了桐杭大队的新社员，岗位是"赤脚医生"。他真的成了桐杭大队的管医师了。不久，大儿子管红江在桐杭出生。

为了更好地为桐杭群众服务，他积极主动争取了到上级医院和相关单位参加培训的机会，不断提高医疗水平。他虚心向当地老农请教，认识和掌握本地特有的草药及其特性，并积极应用于治病疗伤。他悉心钻研，将书本知识和长期的实践经验结合起来，让轻微的伤员病人在村内就可以接受小手术，减轻村民的医疗负担。在农村，赤脚医生随时都有出诊的可能，他总是随叫随到。管医师工作做得好，当地人很欢迎。兢兢业业、勤勤恳恳的管正来，虽然是外地人，却从来没有外地来客的感觉，有时倒有座上宾的滋味。

与我同行的张伟强清楚地记得，小时候，有一段时间，他总是面黄肌瘦，家里人认为他生病了，可是，到镇上、城里医院，四处看病，也没发现病因。家里人将他带到管医师这里，寻求管医师的帮助。管正来根据他的症状表现，判断属于贫血，经过多次检查，身体内部没有问题，那有可能是寄生虫在作怪。然后经过仔细观察，终于发现小伟强的鼻孔里有一条蚂蟥叮着。一般情况下，蚂蟥都蜷缩着身子，很难夹住取出。管医师给张伟强家里留下一把带有扣子的铁钳子，让家人晚上打破一个鸡蛋盛在碗里，放在他的枕头边。当发现蚂蟥伸出头来吃鸡蛋时，要快速将其钳住，然后去叫他，他会立即赶过来。当天晚上，这条蚂蟥闻到鸡蛋味，就伸头出来吸食鸡蛋了。张伟强妈妈看到后，很快用钳子钳住了蚂蟥，并打电话告知了管医师。管医师连忙赶过来，一边用酒精伸进鼻孔驱赶蚂蟥，一边慢慢地将蚂蟥往外拉。经过近一个小时的手术，一条粗壮的蚂蟥终于掉落下来。从此，张伟强面黄肌瘦的病根得到清除。

有一天晚上10时多，下桐杭自然村的潘公安打来电话，说妻子病了，请管医师去看一下。那时，管正来已经六十多岁了。管正来的家在中桐杭自然村，离下桐杭有一段路。他放下电话，背上药箱，骑上自行车就急匆匆地出发了。途中要经过一座桥。那几天正好有人在桥附近取沙，把路挖了一个缺口，管医师晚上眼神不好，不小心将自行车骑到了桥下，连人带车摔倒在河里。幸亏河水浅，衣服没有湿，但手脚和屁股都受了伤。他赶紧爬起来，走到附近一户姓万的人家家里，招呼他们家年轻人帮忙将自行车弄上来，自己忍着痛，一瘸一拐地继续赶往病人家里。看完病，开了方子，给了点药，再走回家，已过了零点了。夜深天黑，病人家属竟然没有发现管医师摔倒受伤的情况。

管正来在担任赤脚医生的漫长岁月里，总是严格要求自己，虚心学，刻苦练，还积极探索中西医结合，医疗水平日益提升。20世纪70年代，邻村唐舍村有一个姓赵的男子，长期拉肚子，泻出的东西竟然成了糊状，整个人骨瘦如柴，无法动弹，四处求医，终未得到医治。家人认为已没有再生的希望。一个邻居建议让管医师来看一下。家人们没有抱多大的希望，但还是请来了管医师。管医师看了之后，认为病人是患了一种俗称"内结"的病，他曾听说用几种草药结合西药，可以治好。他就自己上山采集草药，熬制后，配以西药，亲自指导和辅助病人服用，半个月后，病人的状态竟奇迹般明显好转。一段时间后，病情得到根治。这位病人至今仍然健在。这一次治疗，使管医师名气大涨，有人赞他是"神医"。他又用同样的办法，治好了本村一位王姓病患。

如今的管正来，年岁大了，基本不再给人看病，但他在桐杭村村民的心目中，威望不减，村民们非常尊敬他、崇拜他。党和政府也没有忘记这位为党、为国奉献的老兵，2021年6月16日，镇村干部上门为他佩戴了"光荣在党50年"纪念章。

2021年6月

本文首发于2021年9月28日《安吉新闻》"人文"副刊。

# 璀璨的"扁担精神"

2021年6月16日，一大早，阳光灿烂，老石坎水库西岸，起伏的山峦青翠叠嶂，绿意接天连水，青碧如洗。

杭垓镇尚梅村排坞口，老党员、退伍军人王吉根家门口聚集了许多人。他们一层一层地围着老人，净说着赞美的话语，弄得满头白发、魁梧健壮的王吉根满脸羞涩，连连摆手，甚至动作都显得有些忙乱："我只是为党的事业做了些小事，不足挂齿。太激动了，你们还记得我。"这是杭垓镇党委书记率领镇村干部登门为老党员王吉根佩戴由中共中央颁发的"光荣在党50年"纪念章的现场。见证这一时刻的有王吉根的亲人、邻居，他们笑逐颜开。

如今的王吉根，一米七零的个子，身板宽厚，腰杆挺直，银发满头，额头宽阔，眉毛淡淡，只有眼角、嘴角和两眼之上看得出几条浅显的皱纹，脸庞显得光滑清亮，精神矍铄。

1947年9月，王吉根出生在当时的孝丰县金石乡尚梅村。1965年12月在安吉县汤口公社尚梅大队入伍，1966年3月出征越

王吉根展示军功章照片

南投入援越抗美战争。1968年8月火线入党。1969年回国在北京卫戍区服役。1971年退伍回到永太公社尚梅大队。

刚参军时，王吉根人矮个头小，擅长爬山下地，机灵活泼，在新兵连就表现出了这些特点。作为1995（部队番号）部队新战士，王吉根在云南省通海县新兵连训练了三个月。训练结束后，他被分配到铁道兵十二师五十八团三营十一连。

根据越南政府的请求，中越两国政府于1965年4月27日签订了《关于修建铁路和提供运输设备器材的议定书》。中国人民解放军总参谋部于1965年4月18日决定组建"中国人民志愿工程队"入越执行支援任务。铁道兵奉命以二师、十三师为主，先后组成了援越工程部队第一支队和第六支队，分别称为"中国人民志愿工程队"和"中国交通部修路工程队"，两个支队统称"中国后勤部队"，率先进入越南。后来又组建了援越铁道兵十团、铁道兵十二师五十八团相继赴越。

1966年3月，王吉根随铁道兵十二师五十八团入越参加了抗美援越战争。当时，部队属于秘密进入越南境内，全体战士脱下军服，穿上蓝色工作服。部队番号也改为大队、中队、分队。

刚进入越南时，部队驻扎在越南北部的安沛省。安沛，是越南北部交通枢纽，有滇越铁路可通中越边境及越南首都河内，属于重要的物资集散地。王吉根所在的部队，是铁道兵对空作战炮兵部队，主要装备是高射机枪和高射炮，承担保护铁路、维护物资运输线的使命。

王吉根先是在部队担任轻机枪副手。五个多月后，连长见他灵活机智，将他安排在身边担任通信员，一干就是三年多。

越南北部，崇山峻岭，沟壑连绵。铁路大多修建在山谷中，铁道兵部队也就驻扎在铁路附近。铁道兵营地，是敌军搜寻和打击的重点区域，因此，战士们常常处于危险之中。他们的日常生活相当艰难。他们的营地，必须做到"三不见天"——"官兵营房不见天、晾晒衣服不见天、烧饭炊烟不见天"，更多的时间他们都是在隧道、防空洞里活动。要达到这些要求，平时遇到的艰难可想而知！比如为了做到"烧饭炊烟不见天"，只得深埋烟管，而深埋一根烟管，至少要打通一座山，使烟雾能被烟管引导到另一个山沟里。有时为了加强隐蔽，战士们要接连打通两三座山，将烟雾引到很远的地方。越南北部，天气炎热，气候多变，雨水连绵，"晾晒衣服不见天"，导致衣服多日不干，穿在身上，很不舒服。不少战友长疥子，生痱子，患阴囊炎。部队还经常吃不上新鲜蔬菜。战士们吃不下饭，睡不着觉。美军飞机还会突然沿着铁路，发起猛烈轰炸。铁路炸毁了，要及时抢修，在抢修过程中，第二拨敌机可能已经在北上的途中，稍不留神，战士们就会牺牲在抢修工地上。铁路修了炸、炸了再修，不少战士就永远安息在那里。

不久后，部队转防奠边府。奠边府是越南靠近老挝的一个地区，那里山高沟深。为了防止被美军袭击，部队要求战士们上午休息，下午学习，晚上抢修道路。美军对公路、铁路沿线不断进行狂轰滥炸，一时间，一个个山头被削去了十几到几十米，而附近的桥梁由于隐蔽较好，没有被破坏。

王吉根记得，当时，战友们都住在防空洞中，直接睡在泥地上，总是难以入睡。于是，他写信给家里，希望寄一个枕头来。妹妹及时将枕头寄了过来。他兴冲冲地赶到团部，取到了邮件，但在回连队的途中，美军飞机一瞬间飞过山头，扔下一连串炸弹，弹片在周围四溅。他紧紧地抱着枕头，躲在岩壁底下，才躲过了一劫！这一只冒着生命危险保护下来的枕头，在他退伍前，被他送给了一位来自河北的战友，成了战友情义的信物。

1968年6月的一天上午，战友们在高炮的掩护下去抢修一段刚刚被炸毁的道路，只有通信员王吉根一人留在营房中驻守电话。突然，一阵急促的电话铃声响起。前沿阵地传来紧急情况："重机枪子弹不足，请速派人送来补充！"整个营房只有王吉根一人，哪有人运送子弹！但是战场情况紧急，刻不容缓，王吉根很快找到两箱同型号的机枪子弹，拉过一根木制的铁锹柄，挑起箱子，快速地走出营房，奔向阵地。羊肠小道，山路崎岖，草深树高，再加上王吉根那时人矮个小，挑着两箱沉重的金属制品，攀登而上，自然是累得满头大汗。子弹送到前沿阵地后，战友们见是通信员送来了子弹，而且一趟就是两箱，很是惊讶："大家送子弹，都只能是一人一箱，就算北方的大个子，也是如此。可今天，个头最小的通信员，却一下子挑来了两箱子弹！了不起，了不起！"不久后，连队给予王吉根一次嘉奖，连长在表彰会上赞扬他具有"小个子挑重担"的"扁担精神"。从此，王吉根的"扁担精神"经常被战友们提起。两个月后，王吉根在援越抗美的战斗前线火线入党，实现了入伍以来不倦追求的最大愿望！

1969年1月，王吉根由三十二大队十三中队十一分队战士提升为分队材料员。也就在这一年，他所在的部队从越南回国，来到了祖国的首都北京，承担起为天安门站岗放哨的重任。他当时被安排在北京卫戍区摩托俱乐部。在那里，在那个期间，他曾多次见到毛泽东主席、朱德总司令、周恩来总理等老一辈革命家。

1970年5月20日，毛泽东同志发表题为《全世界人民团结起来，打败美国侵略者及其一切走狗！》的声明。21日上午，北京召开了五十万人参加的支持世界人民反对美帝国主义斗争大会。毛泽东出席了大会，西哈努克亲王也应邀出席了大会。这一天，王吉根就在天安门前站岗，再一次亲眼见到了毛主席，亲耳听到了毛主席的声音，领袖的风采让他折服不已，幸福的时刻让他骄傲自豪。之后，一次次回忆起见到伟大领袖毛主席的场景，王吉根总是激情洋溢、满面春风。

王吉根在部队始终坚守着"扁担精神"，表现优秀，连续五年被评为"五好战士"，获得营嘉奖三次、连嘉奖六次。

1971年初，王吉根退伍回到家乡。他放弃了当地政府为他安排的工作岗位，坚持回到生产队参加农业劳动。有人打趣地说："王吉根不喜欢钢笔，喜欢扁担！"

从战场上归来的王吉根，珍爱生活，把农田当战场，把农业劳作作为新的战斗，一次次取得新的胜利。参军前，他不会插秧、不会撑簰、不会捏油，回乡后，他虚心好学，勤学苦练，后来成了种田、撑簰能手，还学会了耕田、修打稻机，赢得了社员们的好评。尤其是在烧制石灰的岗位上，他勤实践、细思考，很快掌握了"去除煤渣冰块"技术。大队的石灰窑工作一段时间后，突然熄火了，燃煤怎么也点不着。原来是窑内残留的煤渣多了，里面的一部分杂质在高温的作用下分离出来，聚集在一起，又很快凝聚起来，结出了类似于冰块的东西。这些东西越积越厚、越积越多，不久就堵塞了烟火的通道。烟火通道堵塞，窑内就缺少氧气，导致煤无法燃烧。这些杂质必须马上清除！王吉根掌握了基本原理后，和同事一起，凿开"冰块"，埋入适量的炸药，炸开"冰块"，及时清理和移走残渣……石灰窑"通气"了，煤又被点燃了，石灰重新源源不断地从"窗口"取出。因为他有这项技术，后来多次被邀请到刘家塘、白水湾等几家石灰厂当师傅进行现场指导。王吉根的"扁担精神"，此时在村里再放异彩！

王吉根积极参加党组织活动，充分发挥先锋模范作用，被推举为党小组长。2020年初，新冠肺炎疫情突如其来，镇政府和村委会在他家附近通往章村、报福的"水杭线"上设置了防疫检查哨卡，镇、村干部和村里党员日夜轮流坚守。看到值守人员辛苦付出，自己不能亲自参与，王吉根就掏钱买来了方便面，送到哨卡，慰问值守人员，表达了一位老党员对抗疫工作的支持，对党的事业的不懈奉献。

"满目青山夕照明"，王吉根坚守着自己的"扁担精神"，在平凡的人生中发光发热。回首人生路，王吉根总是笑呵呵地说："我做的都是小事，但我无怨无悔。"

2021年7月

# 怎一个 "平凡" 了得

最美人间四月天。

接连几天，或是迎着朝阳，或是伴着晚霞，或是微微的寒风透过西装的开口直逼胸膛。一次又一次，我满怀希望地进入安吉健恒糖尿病医院，采访在此住院治疗的离休老干部倪益风。而每一次去，他和他的老伴孙世英，总是低调地婉拒："做后勤工作的，很平凡，没什么好说的。"具有同样说法的还有他们的女儿女婿们。

老兵就是老兵，有着与常人不一样的风骨！他们长期接受党的教育，严格按照党的教导做人做事，将自己的过去都看得很淡，从不显摆，从不以经历为资格，真可谓是"天不言高，地不言厚"！要了解、掌握他们认为的"闪光点"，还真是不易之事，更何况，我们的这位老兵已经九十多岁了。

第一次接受采访时，倪益风一直坐在病床边的一张木架、皮质、有靠背的办公沙发上，稍长方正的脸庞上，几乎没有什么皱纹，皮肤光滑透亮。头上戴着一顶灰色的毛线帽子，也就

倪益风与妻子孙世英

只能看到两边帽檐与耳朵之间的一小块白发。身穿厚厚的藏青色羽绒服，看起来还是精神焕发、挺拔高帅的样子。

"老倪小的时候，家里很穷。"与倪益风同乡、教师出身、身材娇小的孙世英，快嘴快舌，口齿伶俐。与丈夫带有浓重的绍兴口音不同，她还说得一口流利的普通话。搬椅子，递杯子，接过我的手机，为我和倪老拍照，动作敏捷。这一切，仿佛与她八十多岁的年纪很不相称，着实显得年轻、灵活。"他很小就出门做事，赚钱补贴家用。"但是，一问到可以为倪老写些什么时，她就不好意思起来，先是说"很平凡"，然后接着说："他在部队的事，很少跟我们家人说的，真的不知道多少。"

倪益风，1928年初出生于浙江省绍兴县孙端乡，当时，家里很穷，吃不饱、穿不暖，尤其是在父亲去世后，家里人在母亲的带领下，替人手工卷烟，收入微薄，连最低生活水准也难以保障。十三岁，他就跟着大人做小买卖。十四岁后，先到家乡附近的糕点店，后来到苏州的一家印刷厂当学徒。1945年，他在苏州太监弄文苏印刷局当学徒，因为还是孩子，只能负责打杂之类的活。那时，国民党为了抢占抗日战争的胜利果实，抢夺地盘，广泛征兵征粮。倪益风所在的印刷局的老板被保长盯上，要他去当兵。老板自己哪里肯去吃那个苦。一方面，老板与保长做成了邪恶的交易；另一方面，老板找到了倪益风等几名学徒，要他们顶替应征，如果不去，就要被赶出工厂，失去挣钱谋生的机会。受了老板的哄骗和威胁，11月，只有十七岁的倪益风就这样很不情愿地成了壮丁，去了国民党旧部队，当了个勤务兵。幸好，1946年3月，在东北四平的一次战斗中，他所在的部队全部被解放，并被改编为中国人民解放军部队，从此在国民党部队只待了半年的倪益风走上了革命道路。

听介绍，查资料，电话跟踪，多次面见，又到倪老原先的工作单位走访，这才对倪益风的人生经历有所了解。从解放战争到新中国成立初期，他在解放军这个大家庭里，从吉林北上到黑龙江，然后，沿着东北西线南下，直穿整个东北，进入河北，到过郑州、汉口，甚至到达广西柳州。解放战争期间，他所在的"四野"，顽强善战，部队所到之处，战斗都十分激烈。倪益风在部队的岗位也不断发生变化，他担任过部队医院的通信员、副班长、文书、会计，虽然都在后勤岗位，没有直接冲进枪林弹雨，但是，他感觉得到战争的残酷、战士的勇敢、人民对革命军队的拥护和支持。他亲眼看见过伤员们血淋淋的受伤情况，见到过进医院不久因医治无效而牺牲的战士，尤其是从医务人员的匆匆忙忙、医疗用品的不断输出、库存血袋的急剧减少中，感受到了人民子弟兵为建立新中国无所畏惧、勇往直前的壮举。曾经有多少次，他看见医务人员紧张忙碌，也主动参与到抬伤员、送绷带、整理医疗垃圾的事务中。1947年冬季攻势开始后，伤员大批下来，最多时达六百余人，而医院工作人员只有九十余人，担任文书的只有倪益风一人。他既要做好伤员的入院登记、被服和津贴发放、血衣等物资的处理，还要管理工作人员岗位工作的登记、统计，医院经费的预算和决算，白天黑夜得不到休息，有时连饭也吃不上，接连几天，精疲力竭。

他所在的医院在一个叫作郑家屯的地方，这里素以"鸡鸣闻三省"著称，是兵家常争之地，每天敌机都要飞过医院，投掷炸弹，狂轰滥炸。1948年三四月间，不记得有多少次，许多炸弹就在医院附近爆炸，有战友就牺牲在后勤岗位上，自己也险些牺牲！

有一次，他和几位战友一起去位于阜新的"四野"卫生部领取军粮款，在回郑家屯的途中，发现回驻地的必经之路彰武这个地方又被敌军占领了，如果强行通过，遭遇敌人，一旦失误，军粮款就会遭到损失，情况十分危急。他和战友们没有被吓倒，他们及时转回阜新，走远路绕过彰武，转返营地郑家屯，将所有军粮款全数交给部队。

广西柳州，一直兵匪猖獗，情况比较复杂。解放军解放柳州时，接收了许多银圆、金子。那时，柳州还有很多土匪，经常结伙拦路抢劫，国民党部队部分残兵败将也躲在隐蔽处，时不时地出来骚扰。面对这样的现实，被派往柳州军管会专门负责医院财务工作的倪益风，兼任了接收、押运工作。倪益风小心谨慎，细心地做好保管工作，确保所有经费没有发生意外。

1955年6月，倪益风被授予"解放奖章"。经过战火洗礼的人，就是这样的"平凡"！

倪益风，是一名军人，从普通军人到文书、会计，从会计到采购员、后勤军需助理员，离休时，已经成为银行办事处的行家里手！每一次岗位变动，对于文化程度不高、长期奔波在外的年轻军人而言，仿佛是遭遇了一次蝶变。而倪益风，就是在不断经历蝶变的过程中，为革命奉献青春年华，书写着他"平凡"的人生华章。他在每一个岗位上，总是勤奋学习、虚心钻研，尽可能多地掌握业务知识和基本技能。他在一篇《自我鉴定》中深情地写道："只有认真学习和更广泛地团结同志，才是唯一进步的好武器。"在中南军区时，他参加了文化速成初级班、中级班的学习，取得了初中肄业文化程度。在武汉军区，他参加了后勤财务管理、军事用品保障等专业培训，表现优秀，被推举为学习组长。有多份组织鉴定，充分肯定了倪益风同志政治责任心强，政治立场坚定，干事雷厉风行，刻苦钻研业务，业务工作能力强。

在党的教育下，倪益风在革命的熔炉里锤炼成长，他在郑州"四野"后勤卫生部医科学校、二十九师直属队、二十九师八十六团后勤处工作期间，因不畏艰难、工作积极、在紧急战备中表现突出等，多次受到首长的表扬。在武汉，有一段时间，医院伙食部主任生病请假，他主动代替主任处理相关事务。他还下到病房，直接征求伤员对伙食的意见，提出改进措施，得到伤病员的好评。倪益风同志的良好表现，得到首长和战友们的认可，1950年6月，他在中南武汉陆军医院加入共青团。1964年10月，倪益风自觉服从组织安排，从部队转业，毫不犹豫地从大城市武汉来到安吉，并被分配在县人民银行梅溪办事处，后来调到孝丰办事处工作，直至离休。

被很多人认为人间最美的四月美在哪里？有人说，美在春风送暖；有人说，美在万物复苏；有人说，美在鲜花争艳；还有人说，美在春果可口。我也长期思考过这个问题，但始终没有答案。然而，就在这篇关于倪益风老人的短文即将收尾之时，我突然有一种特别的体验，我深深地感悟到，最美的人间四月，竟然美在"发现"！嬉闹在围墙高筑的院子里，体会不到和煦的春风；躲在偏僻的小楼中，感受不到水温微热、柳枝冒尖；长期宅在斗室中的傻男傻女们，根本看不见斗艳的繁花，自然也就吃不到野草莓、野桑葚、映山红，甚至连吃一根带有露珠的嫩黄瓜也会成为奢望！只有走出去，和万物为伴，在大千世界中发现它们、亲近它们，才能感受到它们的美，这就是"发现之美"。我就是在与倪益风老人的多次接触中，发现了他的"平凡之中的不平凡"，这些不平凡，酷似人间四月的美丽之处，而发现这些美，才是最美的。

人间最美四月天！

2021年5月

本文首发于2021年8月《竹乡文学》报。

# 老兵杨林华的"二一三"

这位老兵，曾二度出征参加对越自卫反击战，率兵坚守一个"钢铁阵地"，在战地和非战地三次立功受奖。我说他是英雄，他自己坚称不是！

他，就是杨林华！1958年出生在安吉县上墅乡程家村，1976年参军入伍，1979年火线入党，1986年5月随人武部改制转业到地方，随后担任地方多个部门科级领导干部，2018年3月退休。

而今的杨林华，个子高高的，身材极其消瘦，脸庞呈长方形，皱纹不多，头发花白，后脑勺处微微谢顶，显得年轻、利落。他和蔼可亲，见人就笑，笑起来时，那仅有的几条皱纹显得相当深邃。坚挺的身板，干脆的言语，体现了他干练、坚毅和刚强的性格。

## 二度参战

1976年12月，十八岁的杨林华穿上了军装，光荣入伍，成为中国人民解放军江苏省军区独立师的一名战士。在部队，杨林华勤学苦练，成绩优异，多次受到首长的肯定。

后来，越南排华浪潮迭起，甚至对我国边境不断进行军事挑衅。遵照中央军委的统一部署，1978年下半年，各军区抽调部分官兵集结到中越边境，做好军事反击的准备。1978年11月，在部队表现突出的杨林华，被抽调到广西军区独立师，参加对越自卫反击战。抽调名单一出来，他就照了照片，写好遗书，备好一个小行李袋，在一条小布带上写了家庭地址，随时准备牺牲在战场。出发前，他被提拔为炮班副班长。

第一次来到战场，杨林华驻守在广西防城，担负着保护首长安全的任务。他不怕艰险，不辞辛劳，忙前忙后，尤其是在高巴岭战斗中，他表现得十分勇敢和坚强。

高巴岭，位于广西防城县峒中公社（今防城港市防城区峒中镇）对面的越南一侧，隔界河与中国峒中板兴、尚义地区相望。它包括由北向南交错排列的五个山峰，主峰海拔一千零六十米。山势险峻陡峭，沟谷纵横，顶部杂草丛生，山腰灌木密布，山脚雨裂沟多而深。控制了高巴岭，就可直接向北瞰制中国境内约七公里的地区，封锁与边界平行的一条主要公路。

为了掌握高巴岭的控制权，杨林华所在的广西军区独立师二团担任攻打高巴岭任务。从1979年2月18日起，二团连续艰苦作战十昼夜，最终攻占高巴岭，歼敌六百四十余人，缴获了大批武器、弹药及通信物资。1979年4月，这场激战结束，杨林华和同连队的四名战友一起，被批准火线入党。那年，他才二十一岁。

1979年9月，经过考察、考核、推荐，杨林华进入南京陆军学校学习。1981年7月毕业后，他被分配到陆一军一师一团七连三排任排长，驻地在杭州。

1984年中，中越边境战火不熄，烽烟滚滚。7月12日，南京军区下达了关于抽调部分部队赴滇轮战的预先号令。7月18日，陆一师完成了参战前的一切准备，杨林华再一次进入参战名册，并被提拔为七连副连长。

两次从繁华的城市前往同一个方向，反击同一股敌人，历史就是这样书写！

7月21日，杨林华随部队从杭州开往老山前线。闷罐车四天四夜，"大解放"汽车又三天三夜，8月1日，杨林华入驻云南文山开始了临战训练。

## 坚守一个阵地

按照"仗怎么打，兵就怎么练"的原则，七连副连长杨林华和连长、指导员一起研究临战训练方案，扎实训练官兵。不久，在部队组织的多项考核中，七连名列师、团第一。作为有参战经验的老兵，杨林华跟战友们讲述实战中的特殊情况，增强战时危机观念；作为副连长，杨林华为抓好部队管理，将铺盖搬到班里，与战士同生活、同学习、同训练。在临战训练中，杨林华荣立了一次三等功。

1984年12月5日下午，部队离开训练基地，开赴前沿阵地。6日晚间，在敌我双方互相炮击的"隆隆"声和弹火交替的闪光中，七连完成了与兄弟部队的换防，担负起627高地团指挥所、662.6高地一营营指挥所和团防御翼侧结合部83阵地的警戒任务。紧接着就投入了向前沿阵地机动"添油"作战，开始向战斗的最前沿渗透。

在"添油"作战期间，七连官兵们不断提起116阵地。该阵地易攻难守，条件艰苦，已有很多战士牺牲在那里。团指挥部将七连向116阵地"添油"作战的方式定为"晚进早归"，尽量减少白天在阵地活动的人数和时间，避免战士遭受炮击牺牲。

116阵地，是一座拔地而起、陡峭险峻的石峰，峰顶呈月牙形，面积不到三百平方米，三分之二是石头山，只有西侧有一小片矮小的灌木丛。116阵地三面临敌，与越军声语相闻，是我军监视敌人的眼睛，阻敌进犯的最前哨。它与左邻146阵地隔沟相对，构成了老山防御体系的第一道屏障，军事位置极其重要，因而成为越军炮击、偷袭和反扑的重点。从12月9日到23日，半个月时间里，该阵地共落炮弹三千九百八十余发，平均每平方米落炮弹十三发，每一块石头上都留着弹击的硝烟。抓起一把泥土，里面竟大部分是弹片。

12月23日夜传来消息，次日凌晨，一团要在116阵地前实施"拔点作战"，命令七连副连长杨林华协助二连副连长张文斌指挥拔掉116阵地东南侧和东侧两个无名高地。

24日7时36分，七连参战人员和九连第一突击班一起，向116阵地左侧1、2、3号哨与3号无名高地发起攻击。一时间，116阵地周边浓烟滚滚、火光冲天，炮弹的爆炸声响彻整个防御地域。七连与兄弟连队一起战斗，先后毙敌六十六人，摧毁敌军百分之六十至百分之六十五的工事。战斗持续到10时多，七连十三名战士牺牲，杨林华成为幸存者之一。

在战场上，阵地幸存者就是阵地守卫者！从此，七连战士不断"添油"到116阵地，副连长杨林华担负起坚守116阵地的指挥任务。

12月29日21时50分，一排在实习排长欧阳骥的带领下，"添油"到116阵地，与坚守在此的副连长杨林华等人会合，人员增至二十四名。至此，整个116阵地的防御任务全部由七连战士担任。

杨林华和骨干们及时分析了近期战况和面临的困难，决定采取积极防御、主动打击敌人、保护自己的策略，重新调整了防御部署。

阵地原来有六个防守哨位，由于面积小，大部分是石头山，这些哨位简直就是由一个浅浅的坑和几块堆积起来的石块组成的。守卫哨位的战士几乎全部暴露在外，经受四十几摄氏度的高温炙烤、成群蚊子的侵扰，还常常会遭受长时间的干渴、饥饿，而且稍有动静，就会被敌人发现，受到炮击，以致每天有三到五名战士受伤或牺牲，伤亡率较高。杨林华将六个哨位缩减到三个，拉开了哨位间的距离，并实行"晚进早归"的作战方式，减少战士在哨位里的时间。同时，将阵地防御向灌木丛延伸，增强隐蔽性。又请求工兵支援，在丛林地下挖掘了一段地道，为接下来的全面反击准备了条件较好的指挥所。

杨林华采纳欧阳骥排长的建议，实施了"打眼（敌观察哨）驱狼（敌屯兵洞）"战法。连干三天后，敌人"眼"瞎了，再也不敢抬头，因而改变了116阵地被动挨打的局面。此后七天，仅一个排就毙敌十七人，伤敌八人，摧毁土木工事四个，击毁和缴获武器二十六件，而我军无一伤亡。

1985年1月2日下午2时多，正在116阵地的杨林华通过报话机接到副营长王启昌的命令："及时做好接应锦旗的准备，确保护旗分队的安全！"原来，1984年12月25日，军、师党委做出了《开展向坚守一一六阵地指战员学习的决定》，并授予116阵地"钢铁阵地"荣誉称号。荣誉锦旗已通过师护送到连，现在正突破敌军封锁，行进在从连到阵地的途中。下午3时20分，在116阵地东侧临时指挥所，指导员汪建平将锦旗交给副连长杨林华。看到护旗分队的战友们冒着生命危险将锦旗送到阵地，战士们个个激动得热泪盈眶：决不辜负首长的殷切期望，继续勇敢作仗，多出战果，向祖国人民和亲人报捷！

鲜艳的锦旗飘扬在116阵地，时刻鼓舞着战士的斗志。

1月13日17时，团指命令七连加强对116阵地的防守，配合九连15日在阵地前发起"出击拔点"作战。

15日，为配合九连攻打116阵地东南侧2、3号无名高地，副连长杨林华等七连四十三名官兵参加了战斗。

16日至18日，敌军无数次地向2号、3号无名高地反扑，甚至发生了近距离厮杀，均被我军顽强地打了回去。

"1·15"战斗就这样持续了四天四夜，最终在18日23时10分宣告胜利结束。在这场战斗中，七连八名战士英勇牺牲，一直在战斗一线的杨林华和三十名战友负伤。连队党支部以《靳开来式的副连长杨林华》为题，为他报请了二等功，杨林华再一次立功受奖。

## 三次立功

1985年11月，杨林华从陆一军调到安吉县人武部工作，当时县人武部仍然属于部队编制。1986年5月，人武部改制，归属地方管理，他转业到地方，仍在县人武部工作。随后多次调动，担任过乡镇人武部部长、政法委书记、乡镇长，2000年1月起，担任安吉县司法局党组成员、副局长。

在多个岗位任职期间，杨林华丝毫没有忘记当年参战的经历和感受。他时刻思念战友，认为自己活下来是对牺牲了的战友们的亏欠！他从来不敢居功自傲，始终严格要求自己，不能做对不起牺牲战友的事情。他以此为精神支柱，不改初心，任劳任怨，勤奋工作，接连不断地获得了许多荣誉和奖项。

在县司法局副局长任上，杨林华分管"大法律服务管理"工作。他虚心学习业务，密切联系群众，积极探索创新管理机制。在他的主持下，县司法局组织和鼓励法律工作者积极服务当地经济发展、社会稳定和村级民主法治建设，为企业实施"法律体检"，降低企业法律风险，并在参与服务基层、服务企业、服务民众的过程中，提高律师、公证员、司法所干部和职工的业务水平。在那段时期，安吉县参加的湖州市控辩对抗赛、法律实务研讨论文竞赛等，都获得了第一名。安吉县在湖州市率先为乡镇、村级配备法律顾问。2002年，安吉县建立起全省首个法律援助中心，组织专业律师和法律工作者无偿为经济困难或特殊案件的当事人提供法律帮助。连续几年，安吉县的公证员、律师、乡镇法律服务所管理和法律援助工作，一直名列全市前茅。分管领导杨林华的工作，也得到了县委、县政府和服务对象的点赞。2005年1月，湖州市司法局为杨林华同志记了三等功。这次，是他第三次立功受奖！

杨林华立功受奖的事迹被上报省司法厅，安吉县基层民主法治建设取得的成绩也很快得到省领导的关注。2005年8月15日，时任浙江省委书记习近平来到安吉，就"构建和谐社会，建设法治浙江"开展调研，实地走访了安吉县法律援助中心、递铺镇司法所、天荒坪镇余村村。在法律援助中心，熟悉业务的分管副局长杨林华就习近平提出的五个问题对答如流。习书记连连点头赞许。

杨林华在长期的工作中不断取得优异成绩，2007年荣获浙江省政法系统"践行社会主义法治理念"先进个人，2008年被评为"浙江省优秀共产党员"和安吉县"双十佳"优秀干部。

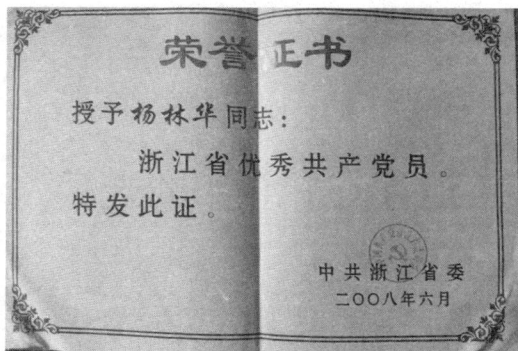

杨林华获评"浙江省优秀共产党员"

窗外的节节高鲜红鲜红的，一朵接着一朵向上延伸，面对时晴时雨的天气，它们毫无顾忌。这几天，我一直被我所采写的人物感动着。然而，英雄的精神是写不尽的！既然如此，那就让文中已经体现出来的英雄精神，激励我们在新的征程中，雄姿勃发，快步前行吧。

2021年5月

# 退休夺"金"的老兵

有人喜欢歌颂森林，漫山遍野，郁郁葱葱，但最后的落脚点，还是那一棵棵树。那一棵棵大树，挺拔秀丽、高耸入云，众多这样的树，构成了森林。你要赞扬森林，你就必须真切地去爱组成森林的每一棵树。孝丰鲁柏青，是老兵群体中的一员，他和众多参过军、立过功的老兵组成了老兵队伍，一个个不停地为老兵队伍增光添彩：他们这些个体，就像是组成森林的每一棵树！

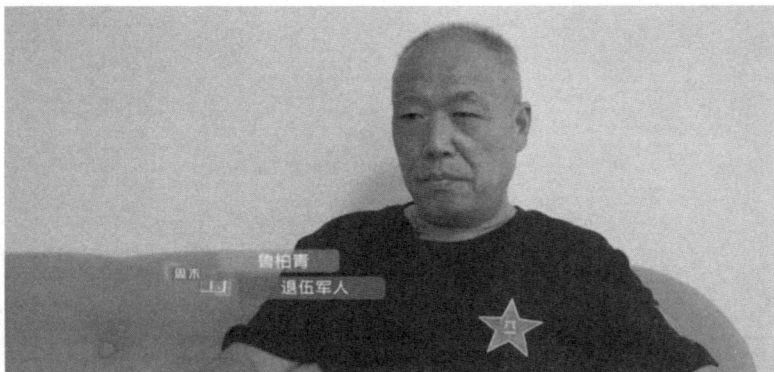

鲁柏青接受中央电视台记者采访

118

## 青工穿上了绿军装

鲁柏青，1953年5月出生在安吉县孝丰镇一个叫作龙袍坞的村子里。1972年底，已在丰城公社社办企业当工人的他被批准入伍。农村青年穿上军装，英姿飒爽，让鲁柏青和他的家人、邻居们十分高兴，那种自豪和骄傲溢于言表。

新年一过，鲁柏青就进入了军营，被安排在中国人民解放军403部队温州守备独立营当战士，守卫在对台前线的宋桥连队。独立营前身是英雄的守备八十五团，号称"分区的铁拳""军区的利剑"，喋血抗战，气壮山河，淮海鏖战，以弱胜强，沿海戍边，威震东南。鲁柏青，在这样一支队伍中，锤炼意志，提升本领，进步很快，第二年就被提拔为班长。

两年后，独立营并入江苏省军区独立师，他被调到驻守在江苏盐城的83049部队全训分队，长年累月在芦苇荡和山地丘陵开展战略战术训练。在训练中，他不怕困难，刻苦耐劳，三次受到连队嘉奖。

1976年3月，在部队，鲁柏青光荣地加入了中国共产党。他把最好的青春年华都献给了军营。

## 从"看守"干起的干部

1977年3月，鲁柏青退伍回乡，重新被安排到社办企业当工人。经过部队的锻炼，鲁柏青组织性、纪律性更强，钻研业务的积极性更高，很快得到了领导和同事的认可，不久被提拔为公社农机厂金工车间主任，并进入了企业领导班子。

那时，各地都在开展深入揭批查"四人帮"斗争，由于他在企业表现好，又当过兵，是共产党员，当时的丰城公社就将他抽调到揭批查"四人帮"工作队，负责看守正在受审的"四人帮"在当地的代表人物，成了社聘（公社聘用）干部。在那个阶段，鲁柏青主动向被看守人员家属讲清有关政策，认真检查进出物品，并做好登记。公社分管领导见他仔细认真，又在部队学了点文化，就让他为工作队起草每一个阶段的工作总结，后来，又发现他写东西也不错，因此很信任他。1978年，公社又让他兼任了团委副书记。1979年，他被任命为公社专职团委副书记，并被招录为国家干部。随后的十余年，他多次调动工作岗位，担任过公社管委会副主任、人武部部长、副乡长、常务副乡长，还兼任过乡公安员。

## 勇于创新的"小警官"

1994年，安吉县公安局扩编。时任赤坞乡常务副乡长的鲁柏青，向组织部门递交了转岗申请，希望到公安部门工作，"继续当个兵"。

常务副乡长这个职务，在基层政府中已经算得上主要领导干部的范畴了。鲁柏青辞职转岗的举动，让很大一部分人疑惑。知情人还告诉他，如果到公安系统去，很有可能要重新从基层干起；如果被安排在乡镇，要接受乡镇行政领导，那些原来的下属可能就成为自己新的领导，特别是要承担筹建基层派出所的重任。这一切，鲁柏青心里很明白，但他还是执着地走了这条路。

经组织审批同意，鲁柏青被安排到鄣吴乡担任人民警察，负责乡派出所的筹备工作。当时，乡镇公安工作人员少，工作机制也不完善，筹建基层派出所缺乏标准、缺乏资金，需要做大量的协调工作。鲁柏青积极担当，主动作为，充分发挥担任过乡镇领导的优势，广泛协调，很快就完成了派出所的筹备工作，当年就获批建立了鄣吴派出所，它成为全县最早成立的基层派出所。安吉县公安局任命他为鄣吴派出所所长。在他的主持下，派出所逐步规范、完善，成了全县基层派出所的典范。两年后，他被调到区域性派出所杭垓派出所担任教导员、所长，一干又是五年。

2001年他主动向县局请求辞去派出所领导职务，获批准后被调到孝丰派出所担任责任区片警。老鲁工作认真、踏实苦干，被同事和群众看在眼里，记在心头。所领导向县局建议后，他被派到县重点企业担任党务工作者。两年后，又被调县公安局机关做行政效能信访接待员，其间，他化解了一批多年未解决的疑难纠纷。

2006年，公安部推行机制改革，号召机关警力下沉，他又带头报名回孝丰派出所，直至退休。

## 退休夺"金"的调解员

2013年，鲁柏青从公安民警岗位退休了。2015年，他又进入了一个树立"金牌"的新职业。

曾经是军中好战士、基层好干部、公安好民警的鲁柏青，由于曾待过的多个岗位都含着调解工作的因素，在调解方面本来就有一定的名气，退休之后，邻里乡亲遇到难题，也会到他家里请求帮助。他热心社区事务和邻里纠纷化解，被群众亲切地称为"老鲁"，于是，他又成了一位"邻里好娘舅"！

2015年，安吉县全面推行建立基层矛盾调解中心。7月，孝丰镇决定招聘一批专职调解员，进驻镇矛盾调解中心，有人推荐了鲁柏青。有点名气的鲁柏青，自然很快就成了一名专职调解员。

鲁柏青被孝丰镇聘为专职调解员后，创立了"老鲁调解工作室"。2019年，队伍扩大，工作室升级为"谈鲁鲁调解工作室"。老鲁成为远近闻名的"调解专家"和"金牌调解员"，是带给当地渴求解决矛盾的人们希望的"启明星"。

在工作室，老兵鲁柏青坐堂专诊群众烦心事。因为对矛盾纠纷调解"有一套"，"有矛盾，找老鲁"已成了孝丰地区居民的口头禅。小事情，包括家里人思想上磕磕碰碰、婆媳、姑嫂或夫妻间闹点矛盾，大事情，包括邻居打架了，老板和工人动刀了，甚至企业死人了，只要想解决矛盾，双方都会脱口而出："找老鲁去!"

2017年7月23日，在本镇办有毛竹加工企业的徐礼宝向老鲁求助。因为徐礼宝厂里一个刚刚入职九天的女工，突然在职工宿舍里倒地不起。前一天，这位女工还好好的，徐老板曾叫她一起吃晚饭，她说想睡觉，就到寝室去了。可是，第二天一大早，发现该女工倒在寝室，已经死亡。死人了，这可是大事。徐老板立刻想到了老鲁。有人建议，死人这样的大事，应该请有名的律师，老鲁可能管不了。可徐礼宝坚持要请老鲁帮忙。老鲁不负所望。一方面，指导企业坚持依法办案，配合公安等部门做好侦查工作，查明死亡原因，不要去搞什么"私了"；另一方面，依照"情、理、法"相结合的原则，做好协调，妥善商定了企业给死亡职工家属的补偿金额度。在处理矛盾纠纷时，老鲁循循善诱，端得平、摆得正，讲法、讲理、讲情，这件大事很快就得到顺利解决。

老鲁调解矛盾，涉及重点工程、重点项目的，就会集中人力和精力尽快解决。

2019年7月，一位当事人找到鲁柏青，说她要和前夫算一笔旧账。在接手这起纠纷后，老鲁发现，这不是一起简单的家庭纠纷，它还涉及国家的一项重点工程，如果调解失败，或者调解周期拉长，就会影响这项重点工程整个工期的进度，给国家造成损失。他立即组织人力，自己亲自带队开展协调，很快双方达成协议，没有影响到所涉及工程的进度。

孝丰镇大河村是申嘉湖高速西延的途经地，在征迁过程中，一王姓家庭因为历史遗留问题，父子四人就赔偿款的分割多次上访，对征迁工作造成了不小的影响。鲁柏青先后十余次上门走访和调解，动之以情，晓之以理，在较短的时期内，让四人达成了各自都满意的协议。"太感谢老鲁了。村里高速沿线征迁工作终于顺畅了！"大河村党支部书记特地到"谈鲁鲁调解工作室"感谢鲁柏青。

鲁柏青精益求精，还不断地创新调解工作的方式方法，不断开拓调解矛盾的新领域。苕源小区有一对夫妻，以前经常因琐事争吵，还声称要离婚！去年（2020年）初，他们找到鲁柏青，说明了情况。鲁柏青分析了他们俩的矛盾，认为只要对男方的某些行为稍加约束，就完全可以避免矛盾激化。在他主持协调下，夫妻双方约定，从去年（2020年）5月份开始到10月份，妻子每个月交给丈夫现金六百元作为家庭开支，丈夫将支出情况记好流水账，自觉接受监督，其他家庭开支均由妻子支付。由于妻子每天上班回家较晚，家务事均由丈夫负责。这六个月是妻子给丈夫的考察期。这项由鲁柏青探索实施的婚内约束协议，很好地引导家庭人员走正路、干正事、创业绩，取得了明显的效果。目前，夫妻俩关系很好。

在群众眼中，老鲁永远没有干不动的时候，他常常忙碌一整天后还要利用晚上的时间去当事人家中做工作，有时一忙就是十多个小时。"调解这工作真是辛苦！"老鲁说，"但看到那些人愁眉苦脸地来，高高兴兴地走，又觉得不辛苦了。"一句简简单单的话道出了调解员老鲁的真情，他用自己的辛劳换来了百姓的好口碑。六年来，老鲁累计调解纠纷一千余件，做到调解率不低于百分之百、矛盾化解率不低于百分之九十八的"两个目标"。老鲁先后被评为2016年度安吉县美丽乡村调解能手、2018年湖州市"新时代新农民"；"老鲁调解工作室"被评为2017年湖州市名牌人民调解工作室，"谈鲁鲁调解工作室"被评为2019年省级离退休干部先进集体等。孝丰镇先后获得县"六五"普法金牌普法团队、市级先进人民调解委员会称号。2019年中央电视台"社会与法"频道《小区大事》，专题报道了鲁柏青的调解事迹。"老鲁"已然是孝丰"矛调"的代言人和形象品牌。

鲁柏青，今年（2021年）六十有八，是一名有着四十五年党龄的老党员。他有点谢顶，脸庞宽阔，浓眉大眼，个头不高，但身体壮实，走起路来，震得地板"铿铿"作响，让人觉得他有使不完的劲、用不完的力。这个感觉，还真有点"准"！去年（2020年），他应邀加入了社区老兵合唱团和退休老兵社区志愿服务队，一天到晚，忙得不亦乐乎。

2021年7月

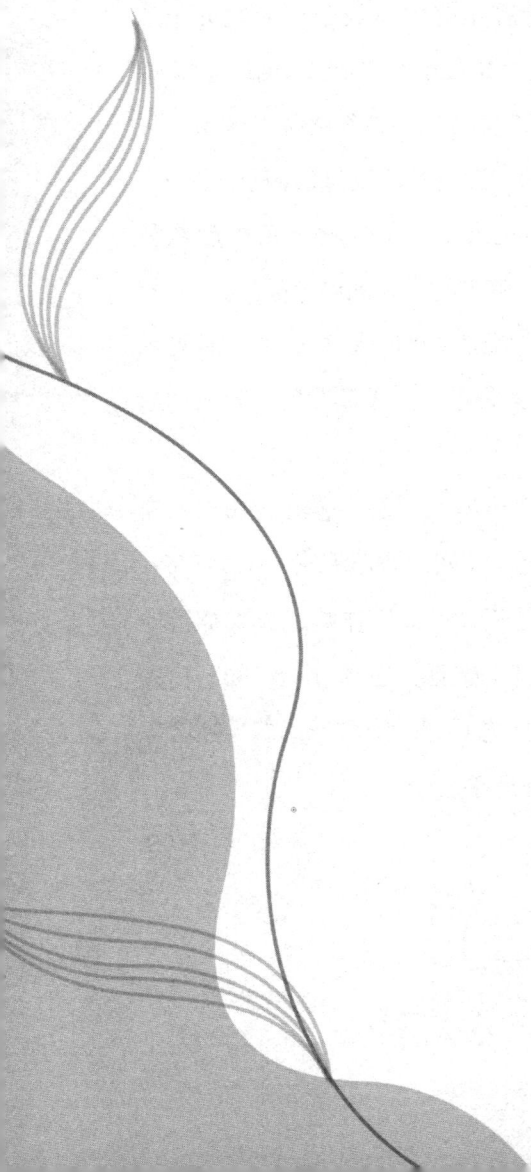

第四辑　功臣风采

# 植树模范杨继舜

有的人死了，好像还活着，因为人们依然经常提起他。有个小名唤作"小毛弟"的人，就是这样一个人。他死后，统里村村民总会想起他、感谢他！

福地公园内的杨继舜铜像

"小毛弟"，大名"杨继舜"，1924年2月出生于孝丰县广苕乡统里村（今安吉县报福镇统里村）。与他同时代的统里人都知道，这个"小毛弟"，脾气很古怪，是个"想做什么事情就一定要做"的人，在村里算是个有名的"犟货"。十八岁被抓去当壮丁，硬是通过山路从昌化逃回了家。20世纪60年代，家中不断添丁进口，他为了养家糊口，养了不少鸭子，早出晚归，结果成了村里"走资本主义道路"的典型。因为这"犟脾气"，性格刚强的杨继舜总会做出一些让许多人一时不能理解的事情。

20世纪60年代末，杨继舜被统里大队第七生产队安排为管山员，俗称"看山佬"，长期管护生产队山上的毛竹、树木、薪柴等，冬春季节，还要管护冬笋、春笋。任务不重，但需要每天上山走走看看。终年与他做伴的是一条足有八十厘米高的黑毛狗。他最爱做的事，是悠闲地在毛竹林里晃悠，然后找来几棵树苗，栽种在林道两旁。

20世纪70年代，报福公社统里大队修建了公路，通了汽车，还专门修建了从中心村通到石马水库和统里寺自然村的道路。看山佬"小毛弟"几乎每天都要从这条路上经过，到石马湾过河，沿着水库岸边，上西坞里，看山护林。

那时的石马湾，"笠帽水库乱石滩"，是它的真实写照！

"有的人，一天几十回走过家里的台阶，也不去关心台阶有几级。"看起来是个虎背熊腰的粗壮汉子，杨继舜却留意到新建的公路两旁光秃秃的，肯定少了点什么，着实是一位细心人。就这样，有几次，他从山上下来，带来了几棵小树苗——松树、杉树、映山红。先在几个岔路口栽种，护上土，浇上水，盖上草，竟然都成活了。于是，他越干越起劲，开始在石马湾沿途道路两旁栽种树苗。后来，他将植树范围不断扩大，延伸到中心村通往村外的几条主要道路沿线。

20世纪70年代后期，已经五十多岁的杨继舜在家人的动员下，辞去了管山员工作。家人们希望他在家养老，过个安宁的晚年生活。可老杨是个歇不住的人，他还是经常扛着锄头，到石马湾那里走走看看，时不时地给种下的小树苗除草、浇水、培土，看到哪个地方有空隙，就挥起锄头挖个坑，找来树苗种上。一段时间以后，他认为，石马水库岸边，有个叫"直坞口"的地方，没有毛竹和树木，杂草丛生，乱石成堆，应该给予整理，植树造林。

直坞口面积较大，他知道，凭着自己的体力，改造这里，需要不短的时间，于是，他有了打持久战的准备。从那时起，他每天早饭后，领着大黑毛狗，背着锄头，赶到直坞口，除草，搬石头，忙得不亦乐乎。

"只有付出，没有收入不行啊！"虽然家里不需要他赚钱，但当时，他的心里也相当矛盾。他发现直坞口牧草丰富，进入山坳，直坞里（地名）坞深水长，两侧尽是毛竹山，是个放养山羊的好地方。于是，他购买了几只山羊，让它们每天跟着自己早出晚归。过了几个月，直坞口茅草丛少了，裸露在外的大石头少了，一棵棵小树苗长势很好。

有一段时间，村里有人不理解老杨的做法，认为统里就是个山区、林区，漫山遍野都是毛竹和树木，哪里还需要种树。有人甚至还怀疑，他种树是为了今后可以占为己有。于是，有些人在他回家之后，闯进他开垦出来的林地，将刚种下的小树苗拔掉。这时，他已经种下几千棵树苗了。树多了，还会遭到牛的踩踏。杨继舜对待这些小树苗，就像对待自己的孩子一样，精心呵护。他砍来小竹子，劈成篾条，将其编织成网格状，围在树苗的周边，然后插入几根竹梢固定。这一做法果然奏效，那些人拔不出来，途经的牛一下子也挤不倒它，幼小的树苗保住了。后来树林成片了，他自己动手扎篱笆，拦铁丝网，用石头砌围墙，把树围起来不让人靠近。他还在沿路一面挂上几十幅标语。在一棵树上，他挂了这样一块牌子："朋友，请你莫砍掉我的头，等我长大了，你可在我下面乘凉！"很多途经这里的人很受感动。

1979年，杨继舜饲养的几只母羊怀孕了，每天早出晚归的速度慢了下来。为此，他与山边生产队（十四队）商量，希望在他们"封山林"的山脚下，搭建一个小茅屋，晚上可以住下来，既能护林又有利于养羊。山边生产队认为，这对他们的"封山林"管护也有好处，很快就同意了。

于是，老杨自己动手，就在直坞口北侧一个崖壁下面，清除杂草、石头，平整土地，用树木和竹子做墙壁，用茅草盖屋，一个临时工棚就搭建起来了。他在里面垒了一个土灶，放置了一张小床，从家里拿来了小桌子、椅子、凳子和碗筷。旁边还建了一个比较宽敞的羊圈。从此，他吃住都在这里。也就从这个时候起，在这里，他创造了义务植树的不凡业绩。

　　接下来几年，老杨不停地种树，并告诉村里人，他要做一个"种树不砍树的人"。他在路旁、在河边、在乱石堆、在泥石流发生地、在采石采沙场，持续不断义务植树，统里大队的所有公路两旁，都留下了他的足迹和汗水。为了准备充足的苗木，老杨首先自己动手采挖。他不计时日，跑遍了安吉千余个山头。港口和白水湾山上有柏树、冬青和胡桐，他都采挖到了。后来，老杨自己采集种子育苗。有些苗木比较珍贵，他就自己掏钱购买。临安县临目公社知青林场和安吉县灵峰寺林场刘家塘分场是他去得最多的地方，在那里，他购买了泡桐、檫树、金钱松和胖杉等苗木。后来报福乡林办（后改称"林业站"）也给予他大力支持。

　　为了使种植在乱石堆里的树苗也能茁壮成长，老杨将羊粪埋到树下做底肥。他还想方设法多积肥料，将平时挖出来的杂草一堆堆堆积起来，撒上自己掏钱买来的石灰氮，用畚箕到石马水库边挑来湿漉漉的淤泥，一把一把地将淤泥糊在草堆上，将它封闭起来，等里面的杂草发热发酵后，将它们埋到树旁做肥料。

　　老杨对于种树几乎进入了痴迷状态。在每年冬春植树季节，他从不按时吃饭，有几天竟然忘记了吃午餐。1982年农历十二月廿八、廿九，他上南天目高山上挖来了八棵桂花树苗。年三十，他在直坞口种树，年夜饭也迟到了。第二天，大年初一，他又去种树、培土，中饭又没赶上。他不但自己没日没夜地侍候他心爱的树苗，还经常动员家人与他一起种树。1981年正月，他买来几百棵泡桐和白榆树苗，为了及时种下，他动员全家人种树，一连干了四天，中饭也是送到山上吃。其他孩子都还在拜年，他们却在种树，老杨家的孩子们都表示理解父亲的心愿。

老杨义务植树的义举，几年后得到了村民们的认同。1984年，他光荣地当选为安吉县第八届人大代表，不久又当选为湖州市人大代表。担任市、县人大代表后，他义务植树的热情更高了，而且将树种到了村外、乡外。1985年，他购买了一辆电动自行车。1986年春，他骑着电动自行车到幽岭（安杭）公路沿线考察，之后不久，他自带二千多株树苗，到幽岭的公路两旁义务植树。在他的影响和带领下，县人大常委会办公室、县政府办公室、县公路段机关干部，以及港口乡乡村干部、党团员和中小学师生，都投入幽岭一带的义务植树活动中。

在1986年4月召开的安吉县第八届人民代表大会第三次会议上，县人大常委会主任朱长胜所作的常委会工作报告，用"值得一提"开头，有五百字左右的内容，专门介绍了杨继舜代表义务植树的事迹。在县人代会报告中如此突出地专门表扬一位代表，这还是第一次，至今也是唯一一次。

后来，老杨听说老石坎水库水土流失严重，他又到水库上游洪家村、中张村、汤口村附近，沿着水杭线植树近千棵，三公里道路两旁均得到了绿化。

作为统里村的一位普通村民，杨继舜持续不断义务植树，1983年，被评为安吉县劳动模范。1986年，老杨义务植树已达二万三千株，被中央绿化委员会授予"全国绿化劳动模范"荣誉称号。到2000年5月去世，二十余年如一日，老杨义务植树累计超过十万株。

为表彰杨继舜的不凡业绩，在他去世二十年后的2020年，报福镇为他浇铸了一尊全身铜像，铜像被安置在报福镇福地公园内。铜像周围，一大片高大挺拔的国外松郁郁葱葱，象征着这位植树模范永远充满青春和活力！

统里村的石马湾，是杨继舜义务植树的起点。他所种的树，已经全部成林，一棵棵枝叶茂盛，一行行绿树成荫。如今的石马湾，蓝天、翠竹、绿树、碧水，凝聚成了一方净土圣地，慕名前来参观的游客络绎不绝。当年，杨继舜为了护林和防止行人掉入水库，建议村里在石马水库边修建的一道长长的弧形白墙，见证了杨继舜无私奉献的历程。白墙内的一幢小楼房，曾经是杨继舜植树时休息的地方，如今已开辟为"杨继舜事迹展示馆"，一张张照片无声地叙说着老杨那平凡之中不平凡的故事。

本文收入《绿色竹乡的红色故事》（暂定名）。

# 当代"愚公"

也许，你不会相信，一个年逾六旬、羸弱瘦小的老太太，就靠一双手、一把锄，用了十余年的时间，开出了近二百亩荒山，把一条条穷山沟壑、一片片野岭荒坡变成了亩产超万元的"绿色银行"。她就是浙江省九届人大代表、安吉县安城镇兰田村村民潘世珍。今年（2001年）4月2日，她被评为"全国造林绿化劳动模范"，受到国务院的隆重表彰。

潘世珍，1936年10月出生，1959年11月加入中国共产党。她所在的兰田村，是安吉县有名的贫困村，长期以来，农民仅靠几亩烂田度日，村集体经济收入几乎是空白。作为村支部委员、妇女主任，一直来，潘世珍看在眼里，急在心里。她深深地意识到，自己是名党员干部，改变贫困村面貌，使村民尽快走上勤劳致富的道路，自己必须先行一步。

拿什么来带头呢？

1989年冬天，安吉县委发出了"消灭荒山，绿化安吉，振兴竹乡"的号召。县里鼓励农民垦荒造林，而本镇正好有大片的荒山。开垦荒山，成本不大，技术要求不高，政府还有补助，只要肯下功夫，准会出成果。主意一定，潘世珍立即召集儿子、女儿、老伴开了个家庭会，把自己的设想提交大家讨论。没想到她满心的希望让子女、老伴泼了一盆凉水。"你是不是嫌我们养不起！""你是不是吃饱了没事干！""你不替自己想，也得替儿女们掩掩面子！"连一贯支持她的老伴也脱离了她的"联盟"。听到消息的亲朋和邻居也跑来劝她。

然而，不论旁人如何劝说，潘世珍始终无法按捺住她那颗操劳惯了的心。"我开荒不图名，不为利，只求自个儿充实，给村里妇女们做个样子。"从此，她开始四处奔走，联系承包荒山。功夫不负有心人，在各方的支持下，潘世珍很快与邻乡溪龙乡的后河村签订了第一批三十三亩荒山的承包开发合同，而且合同一订就是二十年。老伴方长余满腹牢骚之后也还是"屈从"了："她就这牛脾气，咱想不通也得想通啊！"是啊！这"牛脾气"正是潘世珍"开山辟地"的决心所在、动力所在。

刚进山那阵，潘世珍夫妇住在离山较近的女儿家。不久，在镇政府和当地村委会的资助下，夫妇俩在承包山的山脚下用水泥砖搭了一间小屋，这才算安了"家"。可这又是怎样的一个家呀！一张床是四十年前结婚时做的，一盏电灯是十五瓦的，其余除了个灶台和一张旧的小方桌，就是满屋子的劳动工具。潘世珍进山的时候，带出了她一家所有的积蓄——五千元钱，缴承包款、买苗木、买肥料后，所剩已寥寥无几。她恨不得一分钱掰成两半使。平常生点小毛病，从不看医生；进城联系工作，连碗面条也舍不得吃。开荒挖山干的是力气活，体力消耗大，但为了增加山上的投入，潘世珍几个月都舍不得买一回肉。"每次到镇里、县里、市里、省里开会，我最喜欢吃的是红烧肉。"吃一碗红烧肉，对于当代农民来说，本是一件多么平常的事，可对于潘世珍来说，却成了一种奢望、一种满足。

山上的活真是难干，穿普通的鞋费事，使一般的耙费力。潘世珍在开荒造林的实践中，居然首创了两大发明。一是在普通解放鞋上接一个长长的帮，挖山时就可避免泥巴灌入鞋里。二是把开山的耙设计成三齿形。铁匠师傅从没见过这玩意，花了很大的劲打成后，挖山的效率果然大大提高。大约每两个月，她就要穿破一双鞋，使坏一柄耙。这么多年来，穿破了多少鞋、挖断了多少耙，除了经她家装点的林地，谁也说不清楚。反正这几年最大的生活开支就是买鞋、买耙。这一双双穿破的鞋和一柄柄挖坏的耙，是潘世珍历尽艰辛的物证。

1996年春天的一个下午，天刚下完雨，潘世珍想趁雨停进山再干点活。被雨水润湿的泥土像抹了油一样滑，爬到半山腰时，潘世珍一不小心，一脚踩了空，一个跟斗翻倒在地，便顺着山坡滑了下去。当她好不容易攀住树枝站起来时，发现左手腕钻心地疼——手骨骨折了。嘴里镶着的两颗门牙，也不知什么时候碰掉了，满嘴是血。潘世珍踉踉跄跄地到公路上拦了车，独自去了县城。一位老医生为她接好骨头，要她过两天后开刀动手术。可是，潘世珍得知开刀后还要静养一个多月，就不声不响地离开了医院，回到了山中的小屋。后来，她的手腕虽然奇迹般地好了起来，但由于接骨有点错位，留下了终身残疾，这又成为她艰苦创业的一个见证。

潘世珍如今已是远近闻名的"绿化能手"，可她始终没有忘记自己是共产党员、省人大代表，她惦记着至今没有摘掉贫困帽的村子，惦记着至今没有走上致富路的乡亲们。兰田村程周云一家始终摆脱不了贫困，潘世珍决意要扶他家一把。她几次找到老程，向他介绍当前农村发展的有利条件，分析农民致富的机遇，动员他承包荒山搞开发。同时，主动为他提供资金、技术帮助。在潘世珍的鼓励和指导下，几年来，程周云一家相继承包荒山七十八亩，目前绝大部分已种上杉木和国外松，全家收入明显增加，很快摘掉了贫困户帽子。有一年，鞍山村用国外松造林，由于操作不当，苗木成活率不足百分之二十。潘世珍得知消息后，就拉着老伴去当义务技术顾问，还亲自到几十里外的苗圃为该村选苗、取苗，并负责移植到山上，结果，成活率提高到百分之九十以上。每逢植树造林的当口，附近的村民都要来邀请潘世珍去指导，她总是有求必应。

在潘世珍的带动和影响下，邻近村民绿化造林的积极性越来越高。过去只能出产柴火的荒山野岭，如今平均每亩林木产值达一万八千元至二万元，每亩净收入可超过五千元，不少贫困户都走上了小康路。每当谈起这些变化，安城的老百姓就夸

138

潘世珍，是这位好党员、好代表的头带得准、带得好。

潘世珍以愚公移山的精神，生命不息，造林不止，赢得了群众的赞扬、党和政府的褒奖，她先后被评为县、市"绿化女能手"，获得省"绿化女状元"称号，还被评为"浙江省优秀共产党员""浙江省劳动模范"和"全国绿化劳动模范"，全国妇联也授予她全国"三八"红旗手等荣誉称号。

2001年1月2日，时任浙江省人大常委会主任李泽民冒着严寒，登上山坡，察看了潘世珍用自己的血汗营造的绿林，鼓励她继续在发展自己的同时，更好地履行人大代表职务，多为农民说话。

本文首发于2001年第3期《湖州人大通讯》杂志。同年，《人民政权报》《人民代表报》分别予以转载。

# 大爱在行

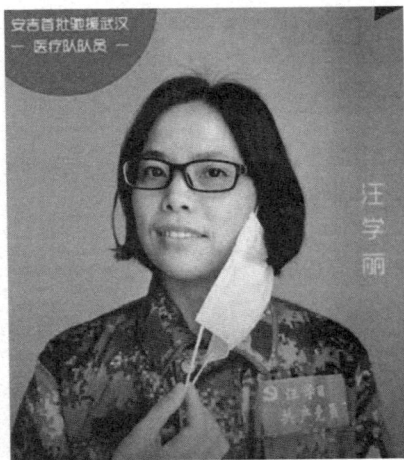

驰援武汉医疗队队员汪学丽

2020年1月28日，农历庚子年正月初四，在往常，人们正沉浸在欢度春节的喜悦之中，然而，安吉县两名医务人员，带着使命，也带着亲朋好友的祝福，参加了浙江省第二批抗击新冠肺炎紧急医疗队，出征武汉。从这一天起，她们，在没有硝烟的战斗一线，与战友们一起坚守了五十二天，谱写了一曲曲生与死的战歌，其中有一位女战士，她叫汪学丽。

汪学丽，1978年生，中共党员，副主任护师，安吉县人民医院护理部副主任，县护理学会会员，"绿水青山就是金山银山"科技服务志愿者，浙江省第二批援鄂医疗队护理负责人。

## 受命于伤悲之时

2020年初，新冠病毒这个恶魔，来得这么突然，又是这么张牙舞爪、霸气汹汹，霎时间，就把湖北武汉搁置在险境之中。病毒人传人、确诊病例和死亡病例急剧增加、床位告急、医护人员告急、药品告急、医疗设备告急……举全国之力驰援武汉，大势所趋！

面对严峻形势，汪学丽看在眼里、听在耳中、急在心里！春节前夕，她就坚守在医院疫情防控第一线。

1月25日，一件悲伤之事发生了。从小挚爱她的外公与世长辞，全家人沉浸在悲痛之中，尤其是年近七十的老母亲，失去了亲人，很是悲伤，而且年岁也大了，需要有人陪伴和照顾。作为最小的女儿，汪学丽时刻陪伴着母亲，事多了，觉少了，心理压力大了，一颗牙齿剧烈地疼痛起来，晚上也睡不好觉，导致右脸肿胀、变形。

就在这节骨眼上，1月27日下午，医院领导打来电话，浙江省紧急组建第二批医疗队支援武汉，医院需要派出一名重症护理人员。汪学丽第一时间表示："让我去吧！我有重症护理的经验，也有护理管理的经验，在医疗队也许能帮上更多的忙。"医院领导经过商量，马上决定派汪学丽驰援武汉。

做出决定后，开髓、引流、填塞、配药，汪学丽简单地处理了一下病牙。她坚持没有将驰援武汉的消息告诉父母。1月28

日，汪学丽以和往常一样的工作节奏在医院忙碌。上午8点，在感染科病房了解交班情况，查看护士工作状态，同时接受了她们真诚的拥抱和猝不及防的眼泪。在急诊室，迎来了护士长的平安果和伙伴们的拥抱。病人与家属有序接受体温测量的情景，让她备感欣慰。来到重症监护病房，在熟悉的环境下，伙伴们又与她一起重温了日常工作流程……

快到中午时，丈夫和儿子来了，表哥来了，二姐来了，一个个抱着她，不住地叮嘱，含泪给她挂上了平安结，表达了深情的祝福。

大姐打来了电话。与大姐通话时，汪学丽突然哽咽了，眼眶酸涩了，平常能说会道的她这时只会反复地说："没事，没事的。"此时，她也没有忘记提醒亲人："暂时不要告诉妈妈。"

12时，县卫健局领导赶到医院送行；13时，汪学丽和她的队友一起踏上了前往武汉的征程；18时，飞机引擎声响起；20时30分，走出廊桥，踏上了笼罩在疫情雾霾下压抑、萧条和令人辛酸的江城武汉，开始投入这场不知归期的战斗！

2月1日，汪学丽在日记中流露出了真挚、深厚的母女之情：从浙江出发到今天已经整整五天了，我一直没敢给老妈打电话，出发时瞒着她，是因为外公刚刚去世，对一个近七十岁的农村老人来说，刚刚送走父亲，转头再送女儿去疫区，再有觉悟，感情上也很难接受。

2月8日，有高血压病史的父亲突然晕厥，进入急诊室；3月

11日，母亲在医院眼科做手术。按照往常，在医院上班的汪学丽一定会第一时间陪伴在爸妈身边，但此时此刻，对身处武汉的汪学丽来说，都成了"不可能"。

## 鏖战于生死之缘

1月底的武汉，大有"黑云压城城欲摧"之势。全国每日新冠肺炎疫情报告显示，新增重症病例和死亡病例，主要集中在湖北武汉。

"要尽快投入战斗！"汪学丽和她的队友们心急如焚。一到武汉，他们立即在驻地进行手卫生和穿脱隔离服的练习。为了保证战士们最大的战斗力，帮助武汉早日战胜疫情，实现"零感染、打胜仗"的目标，每个队员都练习得非常认真，一次次、一遍遍，一而再、再而三。

面对凶残的病毒，每一位战士都竭尽所能，全力以赴。1月30日上午8时半，医疗队驻地，汪学丽和院感组的队友们一起，就如何设置"三区分离"开展考察，立即商讨设计方案，描绘图纸，并向施工方做好详尽说明。施工过程中，每个队员还承担了监督任务。

下午，汪学丽和队友罗玉红一起来到驻点医院——天佑医院，与重症组的同志一起就存在的问题提出解决对策。工作人员现场防护措施、医患通道的设置、医疗设备的准备、有关技术问题等等，都在现场一一得到解决。

汪学丽不仅是一位临床护理人员，还是一位护理管理人员，她参与了医疗队《新型冠状肺炎医疗工作手册》护理工作内容的编写。她将重症组护理人员根据能力等级合理搭配，分成七个护理小组。她对落实工作流程、应急预案等做出重点部署；亲自指导医院重症医学科护士们，落实院感防控要求、工作职责、人员排班等；深入监护病房，了解病人情况；对值班人员进行防护检查……

虽然已经做好万全的准备，但对重症病人的收治和意外情况的处置，还是给浙江医疗队一个不小的下马威。2月2日晚上，浙江医疗队进驻重症监护病房后，病人以迅雷不及掩耳之势，立即爆满。得到信息后，驻地后备人员马上启动应急预案，原本准备好好休息、第二天接班的汪学丽和队友们，立刻加入了增援病房的队伍。穿上防护服、赶到病房、接收、处置、抢救……等将病人一个个安置妥当，已是第二天凌晨。队友们彼此看不清脸上的表情，只能透过一歪一扭的身影、直地拖动的脚步，知晓每一个人的疲惫程度。透过这些疲惫和坚持，又可以读懂逆行者们坚定、踏实、无私的内心。

2月3日，队员小赛第一次进病房。N95口罩、帽子、手套、防护服、护目镜……汪学丽认真严谨地检查她所有的装备以及其他准备工作，再一次重点提醒她必须怎么做，并强调："做好自身防护，是我们能够更好地为病患服务的基础和保证。"

"汪老师，我喘不过气了。"小赛紧张地拉着汪学丽的衣服。对一个90后女孩来说，紧张是最正常的表现。

"没事，放轻松！这边坐会儿。"汪学丽轻轻地拍着小赛的后背，引导她到一边椅子上坐下，继续握着她的双手，看着她的眼睛，劝导她，"别紧张，我们大家都在，如果吃不消，我们就换一个人先上。"

小赛轻轻地闭了会眼睛，靠在椅子上，休息了五分钟："好了，我现在可以了。"

"真的没问题了？"

"没问题！相信我，汪老师！"这位勇敢的女孩，重整防护装备，确认无误后，迈着坚定的脚步，向病房走去……

服从分配，是每一位援鄂队员的最大特点。2月6日，汪学丽被抽调负责普通护理组，但她仍然是那么认真细致，和天佑医院护理部的同志一起就护理单元人员排班、药品设备、工作流程、院感防控等问题进行深入的交流。

虽是普通病房，收治的却是一些病情比较重的患者。病房里病人住得很满，没有一张空床，床与床之间的隔帘拉得严严实实。病人都乖乖地戴着口罩，或半卧或躺在病床上，吸氧的、输液的，也有结束治疗后静静地站在窗前的，病人之间几乎没有交流，整个病房的氛围，让人感到沉闷、窒息。汪学丽接班前，29床患者因抢救无效去世。这位患者和其他很多患者一样，亲友和家属也许正在其他医院、科室接受救治，他就这样悄无声息地走了，没有人安慰，没有人喧闹，没有人哭泣，陪伴他走完人生之路、送他最后一程的，不是亲人，而是一群穿着防护服，虽然目光温暖，但触手也只能感觉到冰凉的手套温度的医护人员。生命是如此脆弱，人生的句号不知什么时候就会落在哪个人身上。病患如此，在抗击新冠肺炎疫情的战斗中，医护人员也是如此，他们时刻战斗在生与死的边缘，和病毒抢时间，和时间抢生命！

2月10日一早，汪学丽接到队里通知，次日，医疗队又将接收一个四十人的病区，但医护人员不变！因为防护物资紧缺和承接病区增加，工作班次由四小时延长到六小时。汪学丽和队友们知道，增加的两个小时，不是普通意义的两小时！班次延长到六小时，加上前期的准备和后期的处理，每人在密闭的口罩和防护服里，要待八个小时以上，同时还要完成高强度的护理工作，体力消耗、心理压力、生理负担都会加重，其困难可想而知。很多队友佩戴N95口罩后，都遭遇了压力性损伤，鼻梁正中表皮破损，伴有渗液……但他们没有被面临的困难所吓倒！

汪学丽还经常要做些保洁员的工作。从清洁区到缓冲区、污染区，从电脑键盘包膜到办公桌椅、病历车的清洁消毒，每一个病房、每一个垃圾桶、每一个床头柜、每一段走廊、重复使用的护目镜和压脉带等等，处理垃圾，配制消毒液，检测有效浓度，喷洒消毒液，干得不亦乐乎。虽然工作的环境、场景不是那么美好，但在一个特殊时期，在一个没有家属和陪客、没有保洁的隔离病房，汪学丽认为，自己究竟是护理人员还是保洁员，这个问题已经不再重要，患者的每一声"谢谢"，就是最美的诠释。

虽经风雨，终迎彩虹！

2月15日，四名患者出院，成为这个病区首批治愈出院的患者，迎来了美好的开始。3月13日，天佑医院新冠病人清零，抗疫战场"春暖花开"！面对成功、喜悦和夸奖，汪学丽和队友们感受到在这场战争中，隔离了病毒，却从没有隔离爱！

3月19日，汪学丽和队友们告别战斗了五十二天的天佑医院、武汉、湖北，光荣地回到了"绿色之珠"安吉。

## 闪光于举止之间

在援鄂期间，汪学丽充分体现了一名党员护士的担当，出色履行了新时代护理人员的责任和使命，展现了护理工作者的新风貌。

1月29日，保障组外购了少量热水袋，原则上男同志不予分配，女同志也只能保证百分之八十。汪学丽出发时随身带了一个小热水袋，就把领取热水袋的机会留给了其他队友。谁知，小热水袋保温时间短，没有坚持到睡着就冷却了。这一晚上，她迷迷糊糊睡了大约四个小时，天刚蒙蒙亮就被冻醒了。

"有问题我们就会找汪老师。"汪学丽是医疗队护理人员的"救火队员"。

"汪老师，我是晶晶，今天日一班，现在感觉恶心，头晕乎乎的，麻烦您看一下外面有没有老师可以帮我代一下，谢谢了。"2月22日上午9时08分，微信上传来求助信息。

"好的，我马上进来，你准备出来。"汪学丽立即放下手头的活，口罩、帽子、防护服、眼罩等刚准备妥当，缓冲区就冲出来一名护士，只见她露在口罩、帽子外的脸色是那么苍白，湿漉漉的头发紧贴在额前。

"是晶晶吗？"汪学丽迎上前去。

"是的。您是汪老师吗？"全副武装的两个人几乎认不出对方。

"是的，我是。你赶紧休息，舒服些了直接回驻地。"

"我本来想忍着的，但实在是忍不住了！"晶晶的眼泪从眼眶中快速地涌出来，沾湿了长长的睫毛。

"没事！回去好好休息，这里有我们。"汪学丽轻轻抱了抱她。

汪学丽进了病房，为今天就要出院的37床老奶奶送药，交代她回去怎么服用，帮助整理随身物品。老人拉着汪学丽的手说："姑娘，麻烦你们了，你们看上去都长得一模一样，我也叫不上名字，但以后，你们有机会来武汉，只要说是浙江医疗队的，我一定好好招待……"这正是"我不知道你是谁，但我知道你为了谁！"

在援鄂期间，汪学丽担任省抗击新冠肺炎紧急医疗队临时党委第七支部书记，在她的主持下，很快成立了支部委员会。支委成立当晚，医疗队两位队员就递交了入党申请书。党支部带领十一名党员，在抗击疫情战斗中冲锋陷阵，充分发挥了先锋模范作用，整个抗疫期间，她所在的第七支部下属的十五名队员递交了入党申请书，结合抗疫表现和后方单位的综合评价考察，其中的十二人被批准火线入党，成为中共预备党员。

汪学丽对新发展的党员同志及时开展教育培养，引导他们利用优势、发挥作用，全身心投入疫情防控阻击战，她所在的医疗队获得三部委颁发的"全国卫生健康系统新冠肺炎疫情防控工作先进集体"称号。5月12日，汪学丽被浙江省护理学会授予"2020年抗击新冠肺炎疫情逆行援鄂杰出护士"。建党节前夕，汪学丽被评为"湖州市优秀共产党员"，受到市委的表彰。

本文发表在2021年第29、30期《浙江科学文艺》杂志上，并收入《科技志愿者风采》一书。

# 召　唤

　　"昨天晚上，得知我们浙江省第三批援鄂医疗队今天就能结束任务，稍做调整即可返回浙江了，队员们都无比激动和兴奋！……战斗一个半月，克服重重困难，现在终于取得阶段性胜利。大家尽情欢呼，互相祝贺。我们胜利啦！我们马上可以回家啦！"这是安吉"绿水青山就是金山银山"科技服务志愿者、县人民医院呼吸科医生黄志辉3月26日的援鄂日记。这段日记，表达了黄志辉和他的队友们，响应召唤，驰援武汉，取得成功时无比喜悦的心情。我们知道，在这喜悦的背后，蕴含着大量的艰辛、困苦、劳累，以及无比的荣耀——

## 疫情在召唤

　　等待着，等待着，焦急地等待着，黄志辉要求参与援鄂抗击新冠肺炎疫情的主动请缨，已过去好几天了，仍然没有消息。
　　黄志辉，安吉县人民医院呼吸科医生，今年（2021年）四十一岁，副主任医师。作为一名医学会会员、有着十七年丰富临床经验的呼吸专科医生，他时刻关注着这场突如其来的新冠肺炎疫情的发展趋势。武汉最早发现疫情、湖北疫情传播迅速、病毒肯定人传人、死亡人数与日俱增……疫情这么严重，使黄志辉坐不住了，他在1月底就向科室表明了援鄂意愿。2月初，再次向科室和医院领导提出申请。

疫情在召唤！

2020年2月9日，农历正月十六，凌晨2时30分，正沉浸在睡梦中的黄志辉突然被一阵手机铃声惊醒。他接通电话，听到安吉县人民医院院长蒋小杰征询的声音："接上级通知，我院需要再次派遣医护人员赶赴武汉，驰援湖北抗击新冠肺炎疫情，今天中午出发，你能参加吗？"

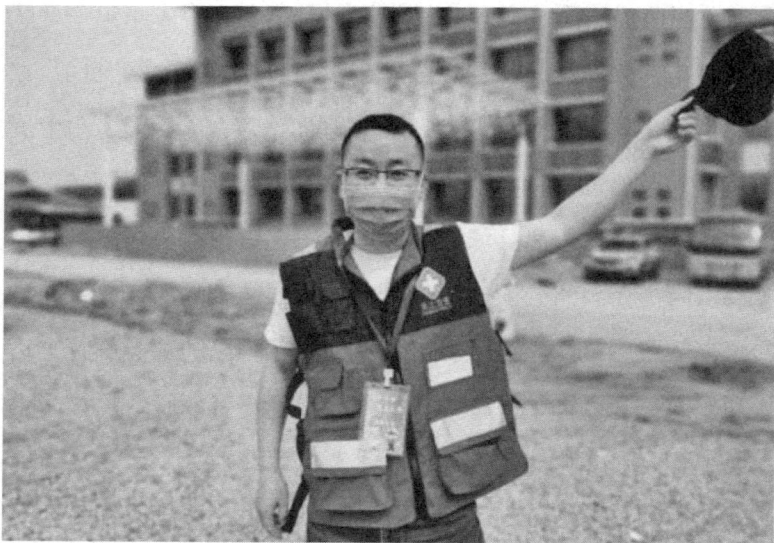

黄志辉在武汉

"我能参加！我要参加！"黄志辉不假思索，直接答复了蒋院长。

好雨知时节。在抗击疫情的战斗中，黄志辉在自己单位，本身就是一名战斗在一线的医生，但他知道，自己这么坚决，绝不是一时的冲动，确实是成熟思考的结果——

作为医生的黄志辉，在电视画面里，从接受采访的钟南山院士的眼泪里，就本能地读懂了武汉人民备受疫情折磨之苦、医护人员工作之艰辛！派遣大量有经验的专科医护人员共赴战场，支援阻击，是战胜疫情最有效的措施。在这个时候，年富力强的专科医生应该站出来，凭借所学，为疫区人民做点贡献。

安吉县抗击疫情，全民参战，联防联控，行动迅速，成效明显，当前仍然是"确诊患者为零"。作为县级专家组第一梯队成员，此时驰援武汉，更能发挥能量，实现医者更大的价值。

然而，就在这个当间儿，黄志辉面临着一个难题：七十岁的老母亲遭遇烫伤，在湖州九八医院治疗后刚刚有所好转，出院才两天，家住距离县城二十公里的梅溪镇独山头村。哥哥是警察，同样在湖州公安一线抗击疫情，因防疫隔离，未被允许回家探望照顾母亲。这天上午10点，心存顾忌的黄志辉打电话告知家人，家人都很支持。电话里，母亲声音嘶哑，反过来劝导黄志辉："你去吧，放心家里，千万保护好自己……"

"千万保护好自己！"作为呼吸科医生，黄志辉知道，这次武汉疫情严重，对每一位医护人员来说，那真是生与死的考验。2月初，武汉已经有医务人员被感染，甚至牺牲。临出发时，黄志辉感慨地说："人这一辈子，国家和人民真正需要你的时刻并不多，也许就只有一次，因此，我必须义无反顾！"

简单整理生活用品，与同事告别，参加县委书记亲临的送行仪式，接受安吉县第二批援鄂医疗队队长的重任，黄志辉在不到一天的忙碌中，体会到了热情、信任、责任的分量。他把激动的心情一齐凝聚在简短的誓词之中："一定圆满完成任务，不辜负家乡人民的期望！"

疫情在召唤，武汉在召唤！

晚上7时30分，飞机安全着陆。面对牵动着亿万国人心、受伤空旷的武汉，看到机场里来自各省区市穿着不同战袍的驰援队队友，素不相识，却热情问候，还未沟通，就互喊加油。

黄志辉也不由自主地呼喊着：武汉，我们勇敢地来了！

### 责任在召唤

到达武汉，入住华美达酒店。虽然已是一位有近二十年医龄的专科医生，但黄志辉和队友们仍然一丝不苟，按照要求，强化自身防护演练。

2月13日，黄志辉和队友们转移到黄陂区木兰草原酒店，与兄弟市队换防后，马不停蹄地投身到黄陂区体育馆方舱医院改建工程中。他们戴着口罩，身穿防护服，抬器械，移床位。连续两天下来，长期没有参加体力劳动的"文化人"，一个个汗流浃背，腰酸背痛，手脚麻木，实际上，他们非专业内的抗击疫情战斗已经打响。

2月16日，首次正式入舱工作。前一晚的大雪带来了寒冷，伴随着兴奋和紧张，黄志辉等待着出发的时刻。

午饭提前就餐。午饭后，10时半，黄志辉和队友们从木兰草原酒店坐专属公交车出发。路上，队友们彼此提醒进舱前后需要注意的事项。

四十分钟后，他们到达医院。进入更衣室，按照三级防护标准依次穿戴上帽子、口罩、防护服、手套、隔离衣、鞋套、护目镜，并互相检查防护的严密性。穿戴好全部防护装备后，黄志辉发现那种憋气感比预想的要严重得多，近视眼镜镜片马上起雾，胸闷，喘不上气，有种想要立即脱下防护装备的冲动。此时此刻，想到六小时工作时间，真担心自己坚持不住，情不自禁地深吸了几口气。

这不，有刚下来的队友疲惫地坐在椅子上，劝他们先休息一会儿，适应适应；有个女队友感到胸闷恶心，又强忍着把已经呕吐出来的东西咽回去。但当他们的隔离服分别被贴上医生、护士的标识时，看到方舱里面已经躺在病床上等待着救治、情绪焦急的病人时，黄志辉马上强烈地意识到，自己是战士，这里是战场，世上哪有不艰苦的战场！他和队友们互相鼓劲，快速自我调整，适应环境，在防护服上写上"加油"后，就各自投入交接班中。

黄陂区方舱医院，B区，床位一百七十七张，这就是黄志辉将要持续战斗的新战场。黄志辉参与的第一个班次，接诊了十一位患者，他们都是附近隔离点或定点医院统一安排过来的。从接待救护车送来的病人，到安排床位，测量生命体征，询问病史，开医嘱，发药，书写病历，每个诊治流程都需要医护人员共同建立、梳理和完善，从杂乱无章到井井有条，他们都共同合作。他们竭尽所能给予病人们最细致的诊疗、最真诚的服务，希望在帮助他们治愈身体的同时，也给他们受伤的心灵带去抚慰。几个小时后，黄志辉和队友们的护目镜已基本看不清了，需要倾斜着身子看病历，汗水浸湿了内层衣服。六个小时后，他们终于可以脱下防护服，走到舱外，呼吸一口新鲜空气，真切地感受到，能够自由地呼吸，太棒了！晚上10时，黄志辉和队友们才回到酒店。

在接下来的一个多月时间里，像这样的日子，实在是太平常了。经过两次换防，黄志辉和队友们最后在蔡甸区袁家台医院战斗了一个月。2月25日，黄志辉首次进入蔡甸区袁家台医院，这也是这家医院开舱的第一天。由于路程较远，从酒店到医院有九十分钟车程，上班还要六小时，黄志辉选择了人生中首次穿上尿不湿。因为用餐要到晚上，早饭特意多吃了些。三个小时就快速收满一百六十个病人，工作强度可想而知，对一般医院来说，那肯定是一个极限挑战。下班时，刚巧遇上大雨，黄志辉又冷又饿，回到酒店已过了23时。

3月10日，黄志辉偶然发现自己腰背部有少许疹子，感觉到瘙痒，还略有刺痛。开始以为是被虫咬了或者皮肤过敏，口服了西替利嗪，外涂尤卓尔药膏，但发现没有见好，疱疹越发明显，刺痛在加重，夜间还感到腹胀并伴随呕吐。3月12日，感觉稍微好些，黄志辉想，只要没有发热咳嗽，没有感染新冠肺炎就没大碍，就继续坚持上班。3月16日，黄志辉发现疱疹变大了，痒痛的感觉也加重了，不得不请自己医院皮肤科的王涛医师远程看诊。王涛经过前后照片的仔细对比，明确告知："这不是虫咬，是带状疱疹，不太典型的那种。呕吐，是病毒刺激消化道神经引起的。"黄志辉有点不敢相信，疱疹病毒临床上多发于免疫力明显低下的人群，自己平时经常锻炼，身体素质一直良好。但事实是，在武汉，当地天气沉闷，在方舱内上班又特别疲惫，来回路上经常淋雨，再加上睡眠不佳，免疫力下降导致感染是完全可能的。好在黄志辉的带状疱疹，属于局部性的，外涂阿昔洛韦药膏治疗即可。黄志辉提醒自己，要好好治疗，更好地休息，可不能影响工作啊。深感责任在身的黄志辉，坚持没有请假休息，一直战斗在岗位上。

## 党旗在召唤

德清医疗集团的吴峥明，时常在黄陂区方舱医院建设工地，夜间加班蹲守；医疗队物资组组长李华，为了及时协调分配工作生活物资，经常忙上忙下顾不上吃饭；吴萍和段金龙两位队友为了带领全队完成任务，经常加班设计方案、组织落实……在武汉的每一天，黄志辉总感觉到自己与一部分队友相比，存在明显的差距，心里总是有点异样的感觉。原来，他们要么是共产党员，要么是入党积极分子！

方舱医院里有一对病人引起了黄志辉的关注。女患者病情较重，需要丈夫照顾；男患者无微不至地照顾妻子，同时很热心地帮助其他病人。男患者叫沈锐，在医疗队接诊的第一时间，他就主动亮明了身份。他是武汉某街道的党员干部，是在社区一线抗疫工作中接触病人而感染病毒的，并介绍自己也是浙江人，工作在武汉。由于他对这边情况熟悉，非常希望帮助做好医患沟通工作。黄志辉了解情况后，甚是惊喜，就和队友们经常向他请教武汉地区的风俗习惯，委托他做一些医患劝导、解释、交流、沟通工作。在这个特殊时刻，有位党员干部帮助做工作，医疗队员的心理压力减轻了，工作也更顺畅了，大家很是欢喜。沈锐这位特殊的病人，在他自己生病住院的同时，悉心照料妻子，还热心服务病友，支持医疗队工作，党员先锋模范作用在他的身上得到了充分体现。黄志辉被这位党员的闪光之处深深地吸引住了。他看到冲锋陷阵的队友都有党员身份，联想到不管是在家乡浙江还是武汉，都是党员冲在抗疫最前面，都有着不怕牺牲的大无畏精神，他坚信，全国人民在党的正确领导下一定能够打赢这场艰苦的抗疫战，中国人民也一定能够在党的带领下实现伟大复兴。

2月14日，黄志辉和队员周海月、王志英一起，向支队临时党支部递交了入党申请书，从此，他以党员的标准严格要求自己，积极向党组织靠拢。

3月2日晚上，传来武汉市中心医院江学庆主任牺牲的噩耗；不久，医疗队通报了广西医疗队梁晓霞在方舱医院昏迷的事件。在袁家台医院，无论是工作时间还是工作强度，都远远超过黄陂区方舱医院，黄志辉明白，只要战斗一天没有结束，医护人员个人被感染的危险就持续存在。他在一次组长紧急会议上，提出了"同一班次进舱人员，酌情先后打交叉，适当减少队员在舱内的时间，以降低出现意外风险可能"的建议。浙江省支援队经过讨论，采纳了他的建议。积极向党组织靠拢的黄志辉，为实现"医护人员零感染"的目标，发挥了积极作用。

黄鹤西楼月，长江万里情。如今，黄志辉已回到安吉，他说："我已经把武汉当作第二故乡，希望来年去看武大的樱花、雄伟的黄鹤楼，再去吃碗热干面。"

本文发表在2021年第29、30期《浙江科学文艺》杂志上，并收入《科技志愿者风采》一书。

# 病人心里的好医生刘长根

"刘医师用高明的医术，在我们的心里刻下了名字！"在安吉县，有许多病人和家属用这样简单而富有深情的语言赞扬他。这位受人称赞的医师，就是从事骨科医疗工作二十余年的安吉县第一人民医院骨科主任、主治医师刘长根。

"宝剑锋从磨砺出，梅花香自苦寒来。"今年（1994年）四十三岁的刘长根，20世纪70年代初毕业于医学中专，后来又先后到浙江医科大学、浙江中医学院和上海医科大学进修，得到了著名骨科专家陈中伟、张光健教授的指导，接触了许多高难骨科病例。1993年8月，担任安吉县第三人民医院副院长兼骨科主任的刘长根，调到了安吉县第一人民医院任骨科主任，筹备建立骨科。

骨科病区开设以后，刘长根的工作量大大增加了。"酒香不怕巷子深"，由于在安吉三院时，其骨科医术就有较高的知名度，到安吉一院工作后，临安、余杭、德清和本县的骨科患者都到他这里来就医。开张五个多月，他已做骨科手术二百余例。

其中三、四类手术占多数，如人工全髋关节置换术、颈椎手术。以前，这些高难手术，几乎都要送到上海、杭州去做，刘医师掌握技术后，使不少病人减轻了痛苦和经济负担，缩短了治疗时间。

刘医师在给病人做手术的日子里，常常要耽误吃午餐时间，到下午两三点钟回家扒几口冷饭便又赶回医院。一些急诊病人的家属急匆匆地到家里找他，他总是二话不说，直奔医院。今年（1994年）4月2日，刘医师到离县城三十多公里的老家缲舍村办事。晚上11时，他正要休息，一辆卡车将一名手臂骨折的病人送到了缲舍村。刘医师马上观察了X光片，询问了病情。又陪着病人回到递铺，在医院的透视室为病人重新接了骨头。病人家属十分感动。这夜，刘医师返回缲舍村，已是凌晨3时多。

刘长根取得的显著成绩得到了组织和病人及其家属的赞许。1987年，他从医士破格晋升为主治医师，1993年度又被评为浙江省三项康复先进工作者。

本文原载1994年8月28日《湖州日报》"星期日通讯"副刊。

# 行走在不凡的创业路上①

在安吉，有一个身材矮小的人，唱歌、演戏都很拿手，牵头组建了在安吉家喻户晓的文艺团队"音乐村"，注册了"安吉音乐村艺术交流中心"。同样是这个人，牵头建立了"茗来福慈善基金会"，经常利用文艺晚会现场拍卖字画，募集善款，帮助贫困家庭和孤老病残人员。还是这个人，创办了安吉茗来福白茶有限公司，拥有"茗来福""浙家人"等品牌，将安吉白茶销售到天南地北。这个人就是"音乐村"村长、安吉茗来福白茶有限公司董事长黄天宝。

## 历经磨炼，探索家庭致富门路

孩提时代的黄天宝，艰辛困苦。1969年7月，黄天宝出生于安吉县三官公社老庄大队高家坞自然村，幼年丧父，家境贫寒，长期营养不良，导致体弱多病，个子相对矮小，直到九岁才上

---

① 与李林合著。

小学，读小学期间还因病停学一年，初中毕业后回村务农。

由于生性好动，勤于学习，爱好广泛，还有一定的组织能力，黄天宝被村干部和团员群众看好，1986年他当选为村团支部书记。任团支部书记期间，黄天宝积极组织青年、团员创业，创办了食用菌种植场、畜牧家禽养殖场，办起了阅览室，组建了文艺团队，经常举办文艺演出活动。这一切，多次得到团县委的肯定。

由于家庭负担较重，1989年初，黄天宝离职经商，到安徽芜湖、铜陵从事家具销售。经过两年多的打拼，黄天宝在销售方面取得了不错的业绩。当时，三官乡膨润土厂招聘营销人才。1990年，黄天宝回到安吉，进入了这家乡办企业，从事营销工作，开辟了无锡冶金铸造用土市场，建立了无锡业务办事处，再次在营销方面取得了不小的成绩。意想不到的是，1996年，他因病需要长期在家休养，不得不离开了自己喜爱的岗位。

1997年，黄天宝身体病愈，再入无锡。这次算是重操旧业，依然从事家具销售。1998年3月，黄天宝离开无锡到贵州省贵阳市开辟新的商业市场，从事家具、教学设备等的营销。在贵阳十年有余，建立了多层次的营销网络，开辟了广阔的营销市场空间，取得了较为丰富的营销经验，当然也完成了初步的资本积累。

2009年，因好友相邀，黄天宝回到了阔别十年的家乡安吉，并与好友共同出资创办了一家茶叶开发公司，他出任公司总经理。2013年初，两人再次共同出资成立了安吉茗来福白茶有限公司，黄天宝任董事长。2015年底开始，安吉茗来福白茶有限公司由黄天宝单独经营。

### 坚持不懈，竭力汲取知识营养

如今的安吉县递铺街道老庄村，漫山遍野郁郁葱葱，千亩茶园层层叠叠，像无边无际的绿色海洋，空气中弥漫着浓浓的茶香，黄天宝的安吉茗来福白茶有限公司就坐落在这里。"茗来福"，"茗来福至"！

早在21世纪初，文质彬彬的农村青年黄天宝，在外打拼多年后，回到家乡，承包土地开展茶叶种植，由于缺乏茶叶种植技术和管理经验，这次创业遭遇了"滑铁卢"，但他并没有放弃，因为他有着一股吃苦耐劳、永不服输的创业精神。

2009年，他参加了"农函大"安吉中南百草原辅导站（中南百草原职业技能培训学校）主办的茶叶种植技术培训，如海绵一般如饥似渴地吸收茶叶种植技术，多次到县里各大茶场考察学习，还专门购买有关茶叶种植方面的书籍自学。他将所学到的茶叶种植知识和技术应用到实际工作、茶企管理中，经过不懈努力，他的茶叶种植取得了成功，由他担任总经理的茶叶公司也取得了很好的经济效益。

### 独具匠心，创立本地特色品牌

在几年创业过程中，黄天宝为实现企业更好地发展，先后奔赴北京、天津、上海、广东、广西等地考察。他凭借在"农函大"学到的理论知识，对市场发展的走向进行分析。了解到国际市场有机茶畅销的形势后不久，黄天宝与朋友一起注册成立了安吉茗来福白茶有限公司，制订了企业发展目标和管理制度。他坚持以质量求生存，以诚信谋发展，以创新为动力，以满足市场消费者的需求为目标，兴建标准化厂房，投资引进名优茶清洁化加工流水线，加强茶园建设和管理，实施了茶叶标准化采摘、工厂化加工。

同时，他敏锐地意识到茶产业要振兴，仅仅在加工和包装上下功夫是不够的，要使茶业进一步发展，就必须苦练内功，办基地，创名牌，走科技兴茶和品牌兴茶之路。为拥有自己的品牌，他聘请技术人员到福建和杭州等地学习考察，两年时间内连续创建了"茗来福"和"浙家人"两大品牌。如今，这两个品牌已名扬大江南北！

安吉，是中国第一个生态县，山清水秀，素有"中国竹乡"的美誉，而安吉白茶，在短短的三十年间，种植面积已超十万亩，成为当地的一张绿色名片。黄天宝将美丽生态与名茶生产巧妙地融合在一起，让消费者在喝名茶的同时，也能感受到安吉传统文化的魅力和安吉生态之美。

安吉茗来福白茶有限公司按照现代农业企业和茶叶产业化模式运作，以"振兴茶业，致富茶农，诚信经营，外向发展"为宗旨，一年一个新台阶，一步步走向辉煌。自身的事业得到快速发展的同时，他没有忘记带动群众共同发展、共同致富。

看到黄天宝创业成功，周围的乡亲们非常羡慕，想效仿但缺乏创业勇气。为此，古道热肠的黄天宝无偿向乡邻们发放茶苗一万余株。在他的鼓励和带动下，周边几十户村民也以同样的方法种植了茶叶，黄天宝引导他们避免了自己遇到过的难题和所走过的弯路。黄天宝不厌其烦地对他们开展技术指导等各项帮助，并动员他们参加"农函大"培训。经过几年时间的精心管理，他们的茶叶种植取得了成效。

为了扩大再生产，带动群众共同发展致富，安吉茗来福白茶有限公司以"公司＋基地＋农户"的经营模式，与周边茶农签订产品订购合同，多管齐下培育基地。以自身二百余亩茶园基地为中心，通过茶苗援助、技术指导、药物共用、品牌共享等途径，带动周边近千亩茶园的发展，使收购覆盖面积逐渐扩大，连接农户已近百家。公司在发展壮大的同时，坚持走外向发展之路，实行连锁经营，在北京、上海、杭州、广州等地开设了茶叶经营连锁店，把"茗来福"和"浙家人"茶叶推向全国。为了可持续发展，公司对辐射范围内的茶农进行帮扶，去年（2015年）与"农函大"安吉中南百草原辅导站合作，举办新型茶农培训班，培训茶农一百余人次。黄天宝这位曾经的"农函大"学员，已成为"农函大"茶叶种植技术的主讲老师。

## 革新理念，敞怀迎接璀璨明天

致富后的老庄村，千亩茶园，良好生态，醒目的园区标志、标识、村道指示牌、垃圾处理箱，处处彰显着一个现代化新农村的精神风貌，已成为乡村旅游的新亮点。在春暖花开、新芽绽绿的茶叶采摘季里，作家参观团、摄影家协会会员、驴友、自驾游客成群结队到来，摘茶叶、摘水果、吃农家饭，令人心旷神怡、流连忘返。

依靠党的富民政策和脚踏实地的苦干实干，黄天宝自己的腰包鼓起来了，同时对扶危助困、奉献爱心倾注了巨大的热情，热心参与社会公益事业。安吉茗来福白茶有限公司注册成立的那一年，茗来福慈善基金会也随之成立。近两年，基金会通过出资支持困难农户过年、为特困大学生提供助学金、捐资修建通村机耕路、为偏远山区捐资捐物等，营造了慈善基金会的良好形象。黄天宝作为一名文艺爱好者，还积极参与文艺创作和文艺演出，努力为艺术同伴提供良好的演练条件。

黄天宝，一个勤劳致富、勇于奉献、致力富裕家乡的诚信民营企业家，在群众中树起了一面致富带头旗，不凡的创业成果，得到了广大村民的认可。

本文2016年被收入《浙江新农民风采展》"省农函大优秀学员科技致富录"，有改动。

# 甘为声屏献青春

"用在事业上的精力应在多字上加一，用在名利上的精力应在少字上减一。"安吉电视台主持人魏莉，时刻以这句人生格言为座右铭，这样说，这样做，得到了听众和观众的好评。

今年（1997年）三十四岁的魏莉，担任广播电视节目主持人已有十八个年头了。魏莉自小生活在北京，操着一口标准而

魏莉生活照

流利的普通话。上中学时随父母迁居安吉。在安吉二中完成高中学业后，1980年被县广播站录用，成了广播站一名专业播音员。1987年，广播、电视兴起采编播合一模式，对主持人提出了更高的要求。魏莉严格要求自己，积极顺应时代潮流，她主持的几档广播节目很快引起了广大听众的关注，并在以后的几年中，连续在省、市专业评比中获奖。1991年，安吉有线电视站建立，魏莉负责播新闻。1993年，安吉电视台建台，魏莉成了有史以来安吉的第一位电视节目主持人。

业务上魏莉精益求精。在广播站工作期间，她参加了电大学习，争取到了去北京广播学院进修的机会。1991年在专业技术人员技术职称评审中，她那扎实的文化基础和比较成熟的专业技能赢得了评委的赞誉，由二级播音员晋升为一级播音员，当时，湖州市具有一级播音员职称的只有四人。

翻开魏莉的日程安排，她没有双休日！每周二、四、六主播《安吉新闻》；周一制作由她负责采编播的《荧屏服务台》；周三、周五要为《荧屏服务台》等节目做大量的采访。每天工作排得满满的，但她毫不在乎。她说：累点、苦点不要紧，苦中有乐呀！安吉电视台初建时，由于条件差，节目录制完，要依靠人工送片到距离编播室近五公里的灵峰山顶播放。整个台只有她一个主持人，工作人员的熟练程度也不高，要费好大的劲才能录制完一档节目，加班到深夜是经常的事。她还兼打字幕，累得眼冒金星、腰酸背疼。去年（1996年）4月，安吉电视台推出了主持人节目《荧屏服务台》，魏莉负责这档节目的采编播。为了使节目更贴近生活，提高为观众服务的能力和水平，她下田头、跑工厂、走街道、串家庭，采访父老乡亲，更是忙得不亦乐乎。同事们都说，她是一台不停转动的机器，总是以饱满的热情投入工作。

魏莉能全身心地投入工作，离不开家庭的支持，丈夫王斌和女儿惟惟是她坚强的后盾。在一个暴雨连绵的季节，电视台为了及时报道抗洪救灾情况，常常临时通知魏莉到台里录制节目，丈夫和女儿总是在风雨交加、电闪雷鸣之夜陪她到台里来，又等她一起回家。

魏莉辛勤的工作，换来了许多荣誉。1996年，湖州市第三次妇女代表大会召开，她当选为参会代表。1995年被湖州市广电局、市广播电视学会评为"好节目主持人"。1996年又被评为湖州市首届"六佳节目主持人"，并在市新闻播音竞赛中荣获一等奖。1995年，她主持的电视专题片《竹海明珠》在广播电视优秀播音作品评选中获湖州市一等奖、浙江省二等奖。今年（1997年）《荧屏服务台》的"消费者之友"栏目又被评为湖州市电视"好栏目"。

观众十分关心魏莉，她几天没出现在荧屏上，很多热心人就会打听她怎么样了。去年（1996年），她随湖州市六佳异地采访团参加"重走红军路"异地采访活动，一个多星期没与观众见面。一回到家，就有朋友告诉她：你快上电视吧，前几天，你成了口头新闻的中心啦！她莞尔一笑：我不还是我！

魏莉表示，她要更投入地开展工作，以更好的成绩报答组织和观众对她的厚爱。

本文首发于1997年《湖州青年》杂志。

后　记　让心目中的『英雄』永远闪光

我是文学园中的羸弱者。

文学创作起步早，但进步缓慢，甚至有好多年，虽处年轻气盛之季，但经年累月埋头制作"机关八股文"，文学作品寥若晨星。好在有几个时节，钟情于文学，体勤于笔耕，建文学社、办小刊物、联络文学新人，及时反映时代风貌，亦呈现出几个文学创作和致力于文学繁荣的茂盛景象和丰收季节，大作没有，拙作倒也有一定数量，而且品种繁多，散文、杂文居多，小说、诗歌也有些许，甚至还有话剧剧本。这些作品，现在翻起来，仍然觉得很接地气。

年轻时那一波浪潮，主要归功于热衷《八角尖》及其文学社；中年时分，文学创作之浪又有一个新高，那时是受几位文学老师如焦世华、金光华、李晓明、陈霞、汪群等的激励和引导；退下领导岗位之后，市、县作家协会和省科普作家协会活动频繁，受到一批文学前辈像赵宏洲、卢曙火、徐惠林、胡百顺、江南潜夫等的榜样垂范，积极鼓励，正面引导，于是创作再掀新潮。

我的第一本散文集子《竹乡记忆》，以反映天目山区民俗民风为主。交给出版社后，我又寻思着再出一本能体现自己特色的书籍。恰巧，2021年为庆祝建党一百周年，安吉县作家协会组织作家采写"百名老兵故事"和"绿色竹乡的红色故事"。我积极参与了活动，一口气采写了六位老兵的故事和两位红色人物的故事，听说我采写的人物算是最多了。交稿之余，一时兴起，我将以前撰写的人物类文稿做了集中，竟然搜集到了二十余篇，字数超八万。于是就动起了出一本人物散文类合集的念头。由于一直以来没有花心思保存，几次搬家又有遗失，还有好几篇，诸如谱写杨继舜这样的"全国绿化造林劳动模范"的散文《石马湾绿叶翻》（《湖州日报》"苕溪"副刊曾刊发）都没有找到，实为可惜。

本集子分为四部分：亲人风华、公仆风范、老兵风骨、功臣风采。大部分文稿曾经发表过，或者收入书籍中过，或者宣讲过，有的还获了奖，这在文章末尾做了简要说明。只有极少部分文稿，起初以自娱自乐为目的即兴创作，现在看来，提供给读者也很有必要，于是就编了进去。

之所以成为文学园中的羸弱者，自然与勤奋不够、精力分配不当有关，但最为突出的原因是本人地位卑微，长期以来，疲于满足"口粮"和"蔽体"。然而，地位卑微，却为笔者与基层百姓相遇相知提供了有利的时机。因此，在我的笔下，主人公多在劳动一线，个个诚恳朴实，苦干实干，努力改变着自身和周边的面貌。劳动者的事迹感动着主人公自己和我，经过我的提炼，也感动了一些读者，成为一个时期又一个时期的"英雄"。

集子中的文稿所描写的，大部分是真人真事。这些人物，在自己的空间和时间里，在不同的岗位上，兢兢业业，拼搏奋斗。散文诗《起航的海港》中的母亲和小男孩，虽是概念性的人物，不过，巧就巧在，我的儿子、儿媳，都是出国留学然后回国创业的学子，竟然与我年轻时的作品主题互为呼应，为此很是感到自豪。

集子中收录了六篇老兵故事，主人公有离休老干部，参加过抗美援朝、援越抗美的英雄，两次参战的对越自卫反击战参与者，退伍甚至退休后继续"夺金"保持本色的老兵。他们有一个共同的特点，那就是从不标榜自己的功绩，愿意默默无闻地奉献。

杨继舜和马国洲，是安吉县具有旗帜意义的人物。杨继舜是我的同村人，他义务植树的很多历程，我亲眼所见、亲耳所闻，在树下遮阳避雨又有亲身感受。马国洲是一位基层人大代表、村党支部书记，简朴、敦厚、风趣是他最主要的特点。他担任湖州市人大代表期间，我整理过他的发言记录，后来刊登在大会简报上；走访代表时，我到过他家里；在采写他的事迹时，翻看了市、县、乡人大的许多资料，还几次到岭西村实地采访，体会到了他在当地群众心目中的地位和形象。"旗帜可以在基层竖起，英雄可以在平凡之中涌现！"这是我在采写杨继舜和马国洲两位红色故事主人公过程中的最大领悟。

　　本书有较大部分内容，展现了为经济社会发展做出积极探索、忘我工作的基层科技工作者的形象。这与我有农业系统、科协系统工作经历有关。我是一个随遇而安的人，干一行喜欢一行，尤其是还"爱屋及乌"。当老师时，我把学生视为"掌中宝"，曾掏钱给他们看病，将自己的衣服送给孩子们御寒，为学期结束还欠着书费学费的困难学生垫付费用。在人大常委会机关工作时，我非常尊重基层人大代表和乡镇人大主席，经常到代表家中了解情况，发现履职先进，宣传典型事迹。调到其他部门后，每次到乡镇去，还会去拜访乡镇人大主席和副主席。

　　在后来的工作经历中，我也保持了这样的作风，跟基层领导交流不多，跟基层一线的工作者们沟通不少。因此就累积了很多赞颂基层科技工作者的文稿。基层科技工作者，不可能做出惊天动地的大事，但我从不同的侧面呈现了他们平凡之中的不平凡，戴达华也好，汪学丽也好，沈卫定也好，都是在平凡事中挖掘出来的榜样。

　　集子中还有几篇描写亲情的文稿，真情流露在叙述之中，无须赘言。

　　由于功底不足，又坚持强调文稿的纪实性，现在读来，一些稿子明显存在文学性不足的短板。好在新一波创作热情未减，年纪在增，领悟趋深，同时还有老师、读者继续指导指教，再进一步提高还有机会。

　　我愿这些英雄永远"闪光"！

在《青山作碑》和《行走在不凡的创业路上》两篇稿件的采写过程中，使用了陈毛应和李林提供的部分材料，当时采用了联合署名方式，故收入集子时，继续保留，对两位合作者表示衷心感谢！

这里，尤其希望告诉读者的是，中国作家协会会员、中国文艺评论家协会会员胡百顺老师，在百忙之中，热情洋溢地为本集子撰写了序言，对本人和集子里的作品赋予了诸多的美言，他还将序言全文用毛笔另纸抄录，其手书作品展示了高超的书法水准，又成了不可多得的书法作品，特别珍贵。在此衷心感谢！

程维新

2021年12月15日于"都市群中的绿色之珠"安吉